| 有智、有识、有恒
做有声音的文字

特别推荐

中国妖怪故事:
中国妖怪大百科全书
张云 著
978-7-5596-3667-6

辑录历代典籍文献,整理妖怪及其故事,还原根植于中国的日本妖怪本来面貌。

秦砖:
大秦帝国兴亡启示录
刘三解 著
978-7-5596-3783-3

制度经济学视角下的大秦帝国事实重构。

万物皆数:
从史前时期到人工智能,跨越千年的数学之旅
[法] 米卡埃尔·洛奈
孙佳雯 译
978-7-5502-4018-9

大部分人是喜欢数学的,但问题在于很多人并不了解这门学科。

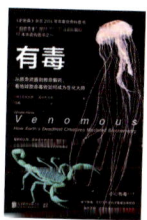

有毒:
从致命武器到救命解药,看地球致命毒物如何成为生化大师
[美] 克丽丝蒂·威尔科克斯 / 阳曦 译
978-7-5596-3687-4

这颗星球上的每一个物种都有自己的故事,演化的史诗中藏着代代相传的知识。

北京联合出版公司
Beijing United Publishing Co.,Ltd.

我十分欣赏约翰·刘易斯-斯坦普尔的朴实无华……他亲身行动，把汗水洒在田里，他用被麦秸扎出血来的手指写出了这部精彩的作品。

克里斯托弗·萨默维尔（Christopher Somerville），

《一月之人》（*The January Man*）的作者

约翰·刘易斯-斯坦普尔既不动声色，又充满激情，文笔细腻而优美。这本书深深地打动了我，最终也让人充满希望，是2016年关于自然环境和生态保护的十部佳作之一。

《福布斯》（*Forbes*）

一本充满细致观察和诗意描写的作品，光彩四射。

夏洛特·希思科特（Charlotte Heathcote），

《星期日快报》（*Sunday Express*）

献给棕色的野兔、长脚秧鸡、罂粟、灰腿鹧鸪和红腿鹧鸪。

目 录

序　001

01　CHAPTER 1　I Take This Field
　　第一章　我要了这块地　　003

02　CHAPTER 2　John the Plowman
　　第二章　犁人约翰　　053

03　CHAPTER 3　Sow the Fields and Scatter
　　第三章　耕地播种　　093

04　CHAPTER 4　The Golden Sea
　　第四章　金色之海　　135

05 CHAPTER 5　Of Men and Harvest Mice
　　第五章　　人鼠之间　　　　　　　　229

06 CHAPTER 6　The Turn of the Earth
　　第六章　　土地的转向　　　　　　　269

尾声：恋情的结局　311

犁地书单　319

犁地乐单　323

致　谢　325

序
Preface

现在回头看,我发现自己写这本书的时候,带着一些怒气。

事情是这样开始的。几年前一个朋友建议,出于一项互利的安排,她让我们在她的围场里放羊。这样,我们把羊给喂了,她也把草给除了。

她住在赫里福德郡东部的低地,一个我从小就很熟悉的地方。英格兰和威尔士边境上的黑山(Black Mountains)如同人间仙境,为了牧羊,我不得不离开这片我居住的地方。那些黝黑却像天堂一般的山上,云雀在歌唱,水獭在小溪里游泳,臭鼬正盯着小鸡们。

朋友住的地方很美,但像墓地一样缺乏生机,有人让她周围数百平方英里农田中的鸟儿消失了。

该怪农民,也该怪商场。我们不会忘记政客和消费者,也不要忽略你我这些个体。

真的,我只是希望鸟儿能够回来。

第一章　我要了这块地

土壤、泥土、污泥，

随你怎么称呼，

它是农业和农田的基本元素……

我到早了。早到和迟到一样，都说明了父母的无能。我是在查看手机上的短信时，才意识到女儿过夜活动后我接她的时间，是下午两点。数字是2，而不是12。我只能在外面等两个小时，以此来证明父亲的可靠，同时让十几岁的女儿免于尴尬，可是我该如何打发这两小时？女儿参加的"英国营地"位于马尔文山。这片山恐龙背脊一般耸起在这片伊甸园一般的英国耕地上。我好几年没来登山了，于是我往山上走去，蓝色外套像挂在绳子上的床单一样飘动。作曲家爱德华·埃尔加（Edward Elgar）在这附近生活了十年，当我登上铁器时代的要塞时，空中大声播放着他创作的《宁录》（*Nimrod*）。

爬得喘不过气来，我在山顶坐下来欣赏风景，而风景又以另一种方式让我停止呼吸。就像从飞机舷窗看到的那样，整个赫里福德郡铺展开来,西边是黑山,南边是闪亮的怀伊河,北边是克莱山。

这里是我的腹地。有一次,伦敦出生的妻子让我在地图上标出我父亲母亲两边家庭成员的出生地。从这里,我可以看到过去八百年里,他们每一个人诞生的地方。她大笑,但带着善意的欣赏,因为她自己的家庭成员早已四处流散。

八月阳光和煦,我有点累,于是躺进一个坑里,昏昏沉沉做起梦来。

第一个梦:实际上从20世纪70年代的某个时刻开始——虽然我无法确定具体时间——许多人组成的生命之河,在一次次考验下,如同被岩石分流,一些人走了一条路,其他人则走上了另一条。

我爷爷奶奶的家在赫里福德郡,我手脚并用爬上后面那堵满是缝隙的石墙(直接从大门进去可算不上攀登珠峰式的冒险),进入麦田。谷物金黄,麦穗低着沉重的头,傍晚夕阳血红,像是斯大林主义者所描绘的应许之地的富足景象。我在一排排庄稼中穿行,因为我个头儿不大,小麦又高(后来很快采用较矮的小麦品种,它们不会在化学喷剂下弯身),我像飞机一样张开双臂,张开手掌掠过坚硬的麦穗来达到平衡。麦田上方微风吹拂,手接触麦穗,和风同时发出嘶嘶声。

第一章 我要了这块地
I Take This Field

头顶上飞着燕子,我想象它们如同盘旋着突然扎头而下的喷火式战斗机。

我绊了个趔趄,低头瞧去,不再玩孩子气的游戏。罂粟花、矢车菊和金盏花编织在麦秸中,播种机摇晃着开过,光秃秃的土地上有一只畏畏缩缩的灰鸟。

我马上认出来这是什么鸟,因为我曾花了不少时间仔细阅读关于鸟类的书籍,试图识别发出这种声响的鸟。我也问过爷爷奶奶。"长脚秧鸡。"他们答道。但我以为长脚秧鸡是农场池塘里的泽鸡。最后我明白了,他们指的是陆地上的长脚秧鸡(landrail或corncrake)。长脚秧鸡的拉丁名为 *Crex crex*,这是个拟声的名字。

长脚秧鸡消失了。也许我们的眼神相遇了十分之一秒,也可以说是一生的时间。华兹华斯曾经写过"时间之点"(spots of time),这体验如此强烈,瞬间扩展开来,并预知将来的一切存在。"时间之点"具有"创新的美德"。

在那片麦田里,我看到的可能是赫里福德郡最后一只长脚秧鸡的眼睛。

长脚秧鸡,从此我再也忘不了你。

我带着内疚从白日梦中猛然惊醒,觉得自己已经睡了太久,摸出手机,却发现只打了个几分钟的猫瞌睡。我再次四望风景,广阔的田野像是一个由金绿两种实心色块组成的水彩颜料盒。眼前是一片宜人的土地,但我知道,当我踏入那些田地,会发现它们是无声无菌的露天农企工厂,是一个个生产单位。

至此,有件事需要彻底公开说明:我务农。

我不再思考那么沉重的题目了,转而想一些更为宜人的东西,想起内心深处的自己——那个十几岁的英国文学少年。在这些山坡的某个地方,14世纪诗人威廉·兰格伦(William Langland)让诗中的主角威尔陷入"沉睡",并且遇到一位精神导师农夫皮尔斯,皮尔斯向他展示了一个公正社会的愿景。我寻思威尔会在山坡上的哪块地方睡着。

我一定是又昏睡了过去……

第二个梦:农夫皮尔斯手里握着牛缰绳,对一群满口破

牙的农民讲述一个美好的社会。我在他身后，比其他人高，俯着身……他指着我……然后我看到自己和长脚秧鸡一起回到麦田中，但现在我是个中年人……

此刻我非常清醒。复杂的书面语无法表达我的感受，我对化学农业真是受够了。如果喷洒在土地上的化学品非常安全，那么为什么喷洒作物的人要把驾驶室密封起来？根据法律，特别是根据欧洲标准15695-1-2009的规定，农作物喷雾器上的碳过滤系统必须有效防止99%的有毒灰尘和水汽进入驾驶室。如果杀虫农药和除草剂对农民是危险的，它们本身就是危险的。句号。

现在我有了自己的愿景。农夫皮尔斯用犁耕来减少社会的邪恶，为什么我不在一块以常规方式耕作的现代农田上用犁耕，用无化学品的老式方法耕种，把它变成传统的麦田呢？让那些几乎从英国耕地上消失的花再现，麦仙翁、异檐花、鬼针草、金盏花和矢车菊，让花开得像六月的天空一样灿烂，让热爱这片土地的鸟类和动物归来——灰山鹑、鹌鹑和巢鼠。

还有野兔。我能引来野兔吗？长脚秧鸡不可能，因为除了剑桥郡引入的一小群，它们已经在英国灭绝。但我也许可以搞一只野兔。

这是农夫约翰的愿景。

只有一个问题有待解决。我们的农场在遥远的威尔士黑色城墙下的山区，那里除了草和羊，什么也没有。我需要找一块耕地，一块耕种庄稼的土地。

另有一点我也要坦白：农耕伴随着我的成长，我很怀念农耕。

>月亮后退，变红了
>山谷里，一只长脚秧鸡单调地叫着
>声音哀伤，
>让我自信的活动变得无力
>他那嘶哑的、坚持不懈的请求
>孜孜不倦，孜孜不倦
>让我贡献更多，
>更多
>——D. H. 劳伦斯，《又一次回家过节行将结束》
>（*End of Another Home Holiday*）

但是没人愿意租给我一块耕地，让我把它变成传统的麦田。我打广告，发推特，在罗斯到莱德伯一路的乡村店铺里张贴卡片。

第一章 我要了这块地
I Take This Field

从轮作的农田中拿出一块来是个问题，还有一个更大的问题是W开头的那个词：weed（杂草）。几个人上钩回复了我，当我说我想小麦野花一起种，他们异口同声回答："那是杂草，可能会污染我们的庄稼。"

我认识的一个耕农说得更简单。我正送货上门——我养走地鸡，养了很多……品种包括：浅花苏塞克斯（Light Sussex）、奶油腿子棒（Cream Legbars）、阿劳卡尼亚鸡（Araucanas）、马朗鸡（Marans）、米诺卡鸡（Minorcas）、怀恩多特鸡（Wyandottes）、斯贝克尔迪鸡（Speckledys）、巴涅菲尔德鸡（Barnevelders）、沃伦鸡（Warrens）、老英国斗鸡（Old English Game）——在沃姆布里奇狭窄的边道上，我不得不放慢路虎车的车速。迎面开来一辆日产黑色四驱尼桑，比战舰大那么一点。我摇下车窗，和对方聊了一会儿。我问耕地的事，他答道："杂草？你想要杂草？让我来给你看些他妈的杂草。"

最终，通过朋友乔安娜，我和菲利普·米勒取得了联系。他是一名广告公司主管，在赫里福德郡南边的圣·韦纳茨有些地。乔安娜告诉我："他是一个热忱的观鸟者。"

十年前，出于美妙的幻想，米勒买了三亩林子，同时跟林地一起买下三块地，两块永久牧地，一块耕地，附加一座废弃的村舍花园。他住在圣奥尔本斯，把地租出去了，目前的租期到十二月结束。经过一番讨价还价，最后我租下全部土地，签下总共十五英亩为期两年的农业经营租约。说不上很理想，最不利的是我只能在耕地上种一年野花，之后我必须让这块地休耕长草。

一年，一次机会。

有人告诉我，那块耕地名叫弗林德斯，是很久以前这块地主人的名字。占地四英亩，现在长满了甘蓝，供牲畜就地食用。（我必须从上一个租客那里买时髦的绿色饲料。）冬天从一月那无力的阳光中现身，我漫步在暂时归我所有的新领地，在脑海中为这块地绘制地图。

这块地几乎正方，三面是修得短齐的树篱，另一面是铁丝网，下面有沟。这条沟急转延伸到西面树篱的深处。弗林德斯和旁边二十英亩麦田的红色表层土把水弄得很浑浊。稀疏的荨麻盖住了淤泥管，一两种蕨类植物紧紧生在沟边。乍看之下，弗林德斯让人失望，一块不起眼的土地，一块毫无特色、贫瘠的土地。

在不合时令的温暖中飞舞的蠓虫形成一个小旋,一群乱哄哄的寒鸦在天上玩着孩子气的游戏。然而,田野清冷寂静,如同一座拥有无形围墙和屋顶的陵墓。

我又绕地走了一圈,仔细观察一切,羽衣甘蓝,沟渠,树篱,地的四周种着两英尺宽的草,冬天不怎么长,像是给土地镶了毛茸茸的浅黄色边。西面树篱中有两棵桤树,最近被砍倒,锯屑飞溅四处。为什么要砍倒?可能是遮蔽了庄稼。这块地的树篱间没有一棵树。远处西北角,一棵顽固不化的榆树桩让人看着高兴,树根深入地下,羽衣甘蓝被迫绕行。

喷洒机的车轨被称作"电车轨道"(Tram tracks),从甘蓝间穿过。从前的乡村,大路、小路和桥交叉纵横,现在贯通田地的新轨道用来引导机器。

再看一眼,弗林德斯更让人失望了。我关上身后田地入口处的门,一辆喷洒机隆隆驶过。在你眼里,今天可能是晴朗的一天,用常规方式耕作的农民会认为这一天正适合喷洒庄稼出苗后用的除草剂。

弗林德斯只有一点与众不同,它是一大片耕地中的一个小不点。旁边的每块耕地都至少有20英亩。

我觉得东南处朝向罗斯的开阔景观赏心悦目,长长的起伏,杨树尖打破大片田野的规则网格,这样的景色不断重复,直到东部的远方。在与季候不尽相符的温暖阳光中，远处溪边的桤树看起来像是葡萄酒色斑。

你知道么？眯着眼看大像素的图片，能让你更容易地看出图中是什么。在某种无法言喻的冲动下，我眯起眼睛看着这片风景。有那么一秒钟，我看到一个微弱的凹痕，那里长着60年代工业化冲击之前的那种树篱。我看到了美好的过去。

既是农民又是政治家的威廉·科贝特（William Cobbett）曾在1821年走过这条路，在《骑马乡行记》中，他断言："这里一切都好。耕地、牧场、果园、灌木和林木，尤其是榆树，很多有近100英尺高。"

榆树早已消失，果园也没了。但是科贝特是对的，如果没有人为影响，这块土质黏重的土地会草木繁盛。上一个冰河时代之后，这里便生长着茂密的橡树林。此地第一批农民，新石器时代的人类，打磨石斧，费了很大力气砍倒橡树，开始农耕，作物仅够每人少量分配。人类已经在这里耕作了五千年。难怪human（人类）和humus（腐质土壤）都来自原始印欧语，它们的词根是（dh）ghomon，意思是"土地上的存在"。希伯来语里的Adam（亚当），意思是"人"，来自adama，意为"地面"。

我们赖土地而生，当我们死去时，我们又成为尘土，添加到腐殖土壤中。

在弗林德斯以西一英里处，山势起升，道路渐渐变得崎岖。"上帝帮助我们"是赫里福德郡关于欧卡普村（Orcop）的说法，部分原因是那坑坑洼洼的车道，部分原因是作为威尔士边境的第一个村庄，地处是有疑问和争议的边缘地带。

弗林德斯在中部耕地的十掷距离之内，处在文明的栅栏之内。罗马人曾在这里，撒克逊人也曾在这里，他们都不喜欢黑暗潮湿的山丘和威尔士。

雨水对农业至关重要。农耕每年需要大约25英寸的降雨量，35英寸则太多了。在我们居住的山上，年降雨量经常超过50英寸。

年轻人，往西边去？几乎没人那么干。在赫里福德郡，如果你赚了钱，你会向东走，去美好的、干燥的地方。70年代我在东赫里福德郡度过了金色童年，这不仅仅是记忆的美化。实际上，从自然和气象上说，童年时的住处比我现在居住的地方干燥50%，尽管地表距离只有20英里。

我盘算着，我有足够的农家肥来滋养土壤和爬向天空的饥饿藤蔓，一度考虑在山丘农场种植啤酒花。"约翰，你不可能维持下去。"邻居莱斯利·里斯对我说。莱斯利是个农民，将近75岁。当然，他是对的，因为他来自郡东部的斯特雷顿苏格瓦斯（Stretton Sugwas）。一开始他在农场做工，为成为一名真正的农民而努力工作，同时将四个儿子拉扯大。20世纪90年代之前，也就是在城里的年轻人开始投机农业之前，你可以这么做。金价下跌？但土地增值！

莱斯利是对的，潮湿会使啤酒花枯萎霉烂。我也知道这一点，因为我的外祖父在玛奇科瓦内（Much Cowarne）种植啤酒花。我最早的记忆之一便是在冬天的啤酒花场上，帮一个戴头巾的女人从高耸的电线上把枯藤拉下来，放在不熄的火堆上，午饭是在灰烬中烤熟的土豆。

拥有自己的啤酒花场是一个梦，只是一个梦。多年来，我一直以为自己对啤酒花的渴望源自童年那安稳的生活，源自账单和责任还没来临的那段时光。接着，在一个辗转反侧的夜晚，我再次回到记忆中的啤酒花场，站在农场中间，旋转整整360度。然后，我透过人群和木桩看到了飞鸟——一群灰鹧鸪匆匆穿梭而过。

爬进车的驾驶室，我朝北望去，视线被林木繁茂的阿空伯里山（Aconbury Hill）挡住。父亲的祖上是较晚来到这里的诺曼人，1450年开始务农。我无法逃避往昔，我也不想逃避。

在开车回家的路上，"弗林德斯"这个词一直盘桓在我的脑中。这难道意味着什么？

第一章 我要了这块地
I Take This Field

和那些在土地上劳作的人一样,我倾向于相信民间谚语。在有电灯照明的实验室里,科学表现完美。但现实世界不像试管实验那么确定。如果一月份开始暖和,那绝不是农耕的好兆头。

呃,俗话说,一月(January)是:"一年中最黑的月份,也被称作追溯与展望(Janiveer)之月。"

1月4日,我把羊运到弗林德斯去吃甘蓝。路虎车拉着拖车一批批运过去,最后田里有了六十只羊。让"轮牧畜群"来吃光草,这样我就可以在天气合适的时候犁地了。一夜之间,天气骤冷,驾驶室里的暖气在路上坏了。我把杰克罗素梗一起带来了,让他趴在我的腿上,如同一个暖热的水瓶。

绵羊不愿进拖车,可一旦进去后又不愿出来。我从拖车小门进去,把最后三只黑色的赫布里底母羊推出去,滑进污水中。我身上的蓝色迪基斯工装连体裤——以前是锅炉工穿的,现在是农民的制服——被羊尿浇湿了。赫布里底羊长着魔鬼的角,带着邪恶的笑容跳开。

从拖车上卸下最后一只羊后,我开始勘察土地,在车道上闲逛张望，评估当地状况。窄而平的车道上沾着拖拉机和雨水从田里带来的红泥。遥远的东方有一条"丝绸之路"（Silk Road），西部农耕区的这条路则变成了一条"泥沙之路"（Silt Lane）。

一股急风从东方吹来，几乎能伤到人畜，我抱住了身旁的树篱。树篱光着身子一般颤抖着，抱起来一点也不舒服。喜鹊在一旁拍打翅膀，似乎在证实此地的荒芜。此时此地的喜鹊不像是自然界的产物，而像是从科幻片的工厂里制造出来的。核冬天[1]过后，仍然会有喜鹊的拍翅声，那是机械机翼在执行可疑的任务。

不断有大型的JCB法斯特克拖拉机开来，我只能走在路边。只有一种颜色——冬小麦的绿色——能够盖过拖拉机的亮黄色。拖拉机亮着暗淡的氙灯，四处播撒化肥，催生冬小麦。

一群斑尾林鸽像是被风撒向天空的卵石，饱食橡子的灰色胖松鼠抓着橡树的树干，懒洋洋地看我走过。仅仅走了15分钟，我就看到喜鹊、松鼠和斑尾林鸽。风声如同凑到海螺边听到的声音，和着价值六万英镑的超级拖拉机发出的低沉柴油机工作声，一起淹没了我的耳朵。

---

[1] nuclear winter，一种假说，预测大规模的核战争可能导致气候灾难。（若无特殊说明，本书注释皆为编者注。）

第一章 我要了这块地
I Take This Field

随后，我的漫步被打断了，如同在句子中插入了一个逗号。往南四分之三英里处的一家农场提供打猎游戏，路边有块木头指示牌，字母是雕出来的，写着"桑内克罗夫特"。人为什么喜欢打猎呢？这个农场有各种各样的动物，植被为动物提供了食物。在一片短硬的玉米茬里，我数到二十只红腿鹧鸪。它们矮矮胖胖，颜色像马戏团小丑一样明亮，构成一幅温暖的景象。玉米茬旁是一片白小米，挂着上千束种子，还有跳动作声的金翅雀和喋喋不休的麻雀。五只小黄鹂飞了过来。

我走回单调的场景中，经过弗林德斯，沿着小路向北走，路上，一只乌鸫被碾平压入泥浆中。一辆车开过来，在泥地上留下鱼尾一般的弯痕，司机带着点歉意朝我挥手。

走了一英里，我来到一个奶牛场。路边的院子简朴整齐，符合当代健康和安全的要求，但我没法不注意到，钢架谷仓后面有一个围场，堆满了垃圾。

过去，所有的农场

都有一个乱糟糟的角落，机器在那里死去，蓟和荨麻在那里生长。集约农业几乎消灭了这些无人地带的自然保护区，现代农场像海吉纳[1]样板厨房一样整洁。我继续往前走，一片地的入口处新挖了一个水塘，可以看到挖掘车铲斗齿耙出的土块。

这里将要有一座致力保护自然的农场——当这个念头在脑神经突触上闪现的刹那，最奇怪的事同时发生了：似乎为了确证此刻，一只公野兔，以这个物种特有的摇摆步态，沿着车道向我跑来。

它停下脚步，金色的眼睛闪闪发光。野兔的脑袋像雕琢出来的马头，长着猎狗的腿和狮子的眼睛。中国古人认为这种动物十分超俗，断定其祖先生活在月球上。

野兔跷起后腿，竖起耳朵，继续看着我，一眼不眨。英国古诗《无人敢说出名字的动物》(*The Creature No One Dares to Name*)给出了七十二个野兔的同义词，其中包括"瞪视者"（starer），这个词的准确性来自一代代积累的共享知识。

我的天，野兔好大。这只壮观的、黄褐色的动物应该有两英尺长，几乎比其表亲灰兔大出一半。

---

[1] Hygena，英国厨房家具品牌，源自1925年。

第一章 我要了这块地
I Take This Field

有那么一分钟吧,我和兔子眼对着眼。接着,一辆拖拉机的巨轮隆隆驶过,打断了这一刻。野兔飞快穿过树篱底部缠结的一个洞,钻进地下。我走到田地入口处去找它,它果然在那里,轻跳着跑过一片蔓菁。

兔子也叫lepus,由拉丁语levipes而来,"脚步轻块"的意思,从它刚才的逃窜速度便可见一斑。1747年汉娜·格拉斯(Hannah Glasse)的《简明烹饪艺术》(*The Art of Cookery Made Plain and Easy*)中,有道著名食谱"炖野兔",写道:"首先,要抓到野兔。"当野兔以每小时40英里的速度奔跑时,这可不容易。(唉,这段声名远扬的烹饪指南其实被错误引用了。她写的其实是"首先,把野兔关起来"。被人改成"捉"更有趣吧,也更让人印象深刻。)野兔肉不易消化,和兔血同煮会变得更难消化。一只刚宰杀的野兔在开炖之前,要先去掉内脏,然后在储藏室里吊起后腿,这样血就会积聚在胸。我还记得20世纪70年代祖父母那间阴冷的储藏室,里面的兔子挂得太久,当人擦身而过时,碎肉都掉了下来。"那样处理会更有风味。"爸爸爹爹[1]谈到他的悬高法时强调这一点。炖野兔这道菜几乎从我们的餐桌上消失了。2012年的一项调

---

[1] 原文为Poppop,是作者对祖父的称呼。

查发现，几乎没有任何英国儿童听说过这道菜，也许实际上他们是不想吃这道菜。

罗马人热衷于吃兔子，很可能是他们把兔子介绍到英国的。老普林尼提倡吃兔子，因为可以增加性魅力。我祖父有五个女儿，所以普林尼的假设可能为真。不过，普林尼关于野兔的另一个说法几乎完全与之矛盾。他宣称野兔雌雄同体，这个观点最终被纳入基督教。野兔是英国教堂建筑中经常出现的母题，代表繁殖又不丧失童贞。

蔓菁地里，另一只野兔慢慢地从地上拱起身子，舒展自己，然后再次躺下，和地上的土块融为一体。

野兔啊！我已经追到离弗林德斯一英里的地方了，这可是相当长的一段路。是不是太远了？来我的地里开辟"殖民地"对它们来说太远了？我不知道。

我的车停在弗林德斯。走回去的路上，我心里有点矛盾，藏得很深的迷信暴露了出来：和野兔狭路相逢不吉利。经过内心一场小小的理智与轻信的斗争，我决定，我认为我们没有狭路相逢。

但是，以防万一，我要念以下几句："前有兔子，后有麻烦。改变你，十字架，解放我。"

第一章　我要了这块地
I Take This Field

在弗林德斯的三天时间里，我像钟摆一样，在提供射击游戏的农场和奶牛场之间来回行走，往野生动物的统计中加入了椋鸟、秃鼻鸦、乌鸦、雉鸡、秃鹰、蓝雀和兔子。我的杰克罗素梗名叫史努比，没发现什么值得他一追。

在离弗林德斯右上角顶端约10英尺处，我架起一张鸟台。放上种子和坚果时，一种荒谬感击中了我：我正在给鸟类喂谷物。而它们其实能从任何一种对野生动物半友好的耕作方式中获取这些食物。现代农业不让动物"拾遗"，没有剩余，连杂草的种子都没有。我决定在一月份每天花15分钟观察台子上的鸟，再用15分钟观察弗林德斯以及拉姆斯代尔双胞胎的20英亩冬季麦田中的鸟。我在心里给这对双胞胎起了个绰号——"化学兄弟"。

对我来说，B&Q公司出售25英镑一张的鸟类图表不止是对鸟类的最终鉴定标准。我想把鸟儿吸引到一个家园、一座天堂。而春天播种前，我没有什么可以把鸟儿引到地里去的办法。出于同样的原因，我把两只喂雉鸡的镀锌储料器悬挂在离地面不远的地方，这样鸟喙可以伸进去，老鼠的口鼻却够不到。

> 主显节过后第一个星期一犁地，
> 用犁开耕……
>
> ——托马斯·图瑟（Thomas Tusser），
> 《务农的500个好点子》（*500 Good Points of Husbandry*），1580

在英国一千年或更长的时间里，"犁耙周一"（Plough Monday）指的是主显节过后的星期一，是开始犁耕的日期。实际上，"犁耙周一"属于措辞不当，因为在那一天，农家孩子喜欢玩旧版的"不给糖就捣蛋"游戏，他们的犁板不会用来翻土。农夫会组成一支舞蹈队穿过街道，身后拖着一只装饰华丽的犁，每到一所房子，便索要面包、奶酪和啤酒，或者直接要钱。如果被拒绝，他们会进行报复，在房子前面搞出一两条犁沟。捣蛋！在英格兰农耕区的中心主战场，诺福克郡、剑桥郡、亨廷顿郡、北安普敦郡、林肯郡、莱斯特郡、诺丁汉郡、柴郡、德比郡和约克郡，农夫们会更风雅一些，为被索讨的房主上演一出哑剧或"杰格"（jag）来请求犒赏。通常，"杰格"以恳请的歌曲结束，比如：

> 好老爷，好夫人，
> 当你坐在火炉旁，

第一章 我要了这块地
I Take This Field

> 还记得我们可怜的犁地小伙吗？
> 我们在泥泞中跋涉。
> 泥浆深，
> 水不清，
> 我们会感谢你给的圣诞礼盒，
> 让我们喝点你最好的啤酒。

拖着犁搞的"杰格"总是有一段干瘪老丑婆被"甩打"致死并复活的情节。（"甩打"完全复制了用脱粒连枷将种子从谷壳中打出来的动作。）象征意义显而易见：摒弃谷粒里的旧精灵，注入新精灵。同时伴随着杂耍舞蹈，人们希望庄稼能长得和跳舞的人跳得一样高。如果冬天很冷，游行队伍会加入扛着连枷的脱粒者、拿着镰刀的收割者和手执长鞭的马车夫。铁匠和磨坊工人也来了，因为前者磨砺犁刀，后者研磨谷物。中世纪种的是小麦和黑麦，农民聚在一起，希望自己播下的谷物获得丰收，希望上帝会让他们的犁破土更快。

罗马人和那些用靛蓝文身的古英国人会理解这个仪式。基督教的上帝在这些中世纪英国仪式中缺席了。异教徒的习惯很难消亡，"犁耙周一"确实是一种祭祀仪式，一种古老的仪式，像犁本身一样古老。在古希腊，得墨忒耳是谷物和农业女神，在名为"前犁"（Before the Ploughing）的盛宴上，人们献上第一批水果来抚慰她。英国的罗马人则供奉丰收女神克瑞斯。

基督教会一直很会变通，将青铜时代的生育仪式融入到自己的仪式中。到了清教徒时代，"犁耙周一"已经变成了体面的"犁耙周日"（传统上是在主显节之后的星期日，在1月7日至1月13日之间的星期日举行）。许多教会举行此活动，犁人行会会在祭坛前的教堂里象征性放一个犁耙，用当地农民献出的灯心草或蜡点燃，以确保全年犁耕以及之后劳动的成功。没有燃烧仪式的话，一个犁会被带到教堂里接受祝福，给一年的劳作带来繁荣。

我可以告诉你这个仪式意味着什么，因为在东赫里福德郡汉普顿教区的圣安德鲁教堂，直到1981年依然举行"犁耙周日"活动。跟在唱诗班和神职人员后面的是一位农夫，他也是教堂看守人。具体说来，那是穿着花呢外套和粗革皮鞋的詹金斯先生，身上搞笑地写着"尽管我们开口粗声粗气，但我们是，他妈的，绅士"。他领着拖犁队伍走上过道，身后是三个农场工（约翰·约翰逊和他的两个大块头儿子），他们粗暴地把一辆老式兰塞姆犁搬进教堂中殿。推到高坛台阶时，农夫正式向牧师陈述他把犁带到教堂的原因，表示把农活奉献给上帝。旧铁犁搁在高坛柔软的蓝色地毯上，我们唱着赞美诗。牧师和许多会众从仪式边走过，盯着丰满的卡伦·威廉姆斯，仿佛她是当代生育女神。

最好的犁歌属于坏家伙们。这种行会歌通常不是干活时唱的，相反，人们会在小酒馆里或在举行"杰格"时唱犁歌，而不是在一匹胀气放屁马或一头拉屎施肥牛后面哼唱。

最著名的犁歌是《上帝加快犁耕》（*God Speed the Plough*），《痛苦的犁耕》（*The Painful Plough*）和《大麦约翰》（*John Barleycorn*）。与"杰格"中的老妇人不同，大麦约翰被攻击，遭受侮辱，最终死去，大致对应于大麦种植、耕作、酿造啤酒或者做成蒸馏酒的各个阶段。

《企鹅英语民谣》（*The Penguin Book of English Folk Songs*）中写道：

> 这首歌谣相当神秘。杀害和复活谷神是历史悠久的上古神话，这首歌谣是留存下来转化成民间故事？还是一个古迹复兴者的创造，成为当代流行的一部分并且被"民俗化"？有些人还把它当作基督教圣餐的变体，因为耶稣的肉被当作面包吃，血被当作酒饮用。

《大麦约翰》是在詹姆斯国王时期刊印出版的，但据说起源更为古老。有多达两百种不同的演绎，这是其中最好的一首：

> 三个人从西边来，
> 他们注定要审判，
> 三个人庄严宣誓，
> 大麦约翰真该死。
> 他们犁耕，播种，把他耙进了地，
> 土块扔在他头上，
> 三个人庄严宣誓，
> 大麦约翰死了。
> 他们让他躺了很长时间
> 直到天上的雨落下，
> 小约翰爵士突然抬起头来，
> 他们都大吃一惊。
> 让他一直站到仲夏
> 直到他看上去苍白又憔悴，
> 小约翰爵士留着长长的胡子
> 就这样长大了。
> 为了切断他的膝盖，

第一章 我要了这块地
I Take This Field

他们雇了拿着锋利镰刀的家伙

他们把他卷起来绑在腰上,

用最野蛮的方式对待他

他们雇了带尖干草叉的人

刺痛他的心,

把他装到车上的人更糟糕,

因为他把约翰绑在了车上。

把他推来推去,绕场一圈又一圈

直到来到谷仓,

在那里,他们庄严告别了可怜的大麦约翰。

他们雇了拿着海棠树树枝的人,

剔下他骨头上的皮肤,

磨坊主比这更糟糕,

他被碾在两块石头之间。

装在坚果色棕碗里的小约翰爵士,

玻璃杯里的白兰地。

坚果色棕碗里的小约翰爵士,

终于证明了自己的厉害。

不能再猎杀狐狸的猎人,

也不会大声地吹响号角,

既不会修水壶也不会补锅的补锅匠

没有一点大麦约翰的本事。

苏格兰诗人罗伯特·伯恩斯（Robert Burns）在1782年的版本中加了一个明显的盖尔人式[1]转折，结尾是：

那么，让我们举杯致敬大麦约翰，

每人手里一个玻璃杯，

愿他伟大的后代在老苏格兰永不败！

但是，当伯恩斯为"犁耙周一"和"犁耙周日"写下这些诗句时，犁耕仪式已经急剧衰落。宗教改革清除了行会仪式，农耕业向畜牧业的历史性转变开始了，生产羊毛和肉类的收入增加，这些都意味着农夫在农场的显赫地位被推翻。然后是20世纪的无神论，以及转向秋耕的趋势。犁耕从九月开始，曾经向奥丁、上帝或不管是向谁奉献来加快春耕的仪式变得多余。

---

[1] Gaelic，又称戈伊德人，公元5—6世纪进入苏格兰，9世纪与皮克特人共同建成苏格兰王国。

第一章　我要了这块地
I Take This Field

因为在现实中很难实践，所以我花了很多时间阅读关于犁耕的内容。在以前表演这种古代仪式的地方，一月份犁耕是有可能的。而在当代英格兰潮湿的西部，地面泥泞，走路都走不了，更不用说用拖拉机和钢犁穿行了。

我在蓝布护封装帧的笨重《牛津英语词典》中查到了"弗林德斯"，这块地在词典里似乎更真实。

> Flinders（fli.nderz）：复数，很少使用单数；最早出现于1450（可能来源于斯堪的纳维亚地区，挪威语中有flindra，意思是薄片或碎片）；含义：碎片，片；主要用在短语中：break or fly in（to flinders），也用作人名。

我感觉我那开满野花的麦田之梦正飞着融进"弗林德斯"。

雨还在下。天什么时候会变？这是庄稼汉的悲叹。一天晚上，我去弗林德斯查看羊群，月光在裂开的水坑里向我眨眼。

事情比我想象的更糟。羊群已经把半个弗林德斯的羽衣甘蓝吃光。

风耙过沉闷的土地。一只喜鹊在羊的食槽旁游荡,吃着羊剩下的饲料。我走到围场的铁丝网围篱边,那边地势倾斜,可以避风,这才知道出了什么问题。羊群挤在一起,背对大风。

我低下头,不由自主地注视着因羊群活动碰撞而松散的地面。

我看着铁丝网围篱的底部,心里暗骂穿铁丝网的人(农民都会这么抱怨),因为钉子钉得太少,夏天羊摩来擦去,铁丝网已经松了。沿着我租下的围场,围篱下有六条鼹鼠丘线,一直通向弗林德斯,但鼹鼠挖出来的红色小火山只在围场那边有。一旦进入弗林德斯,鼹鼠就回头了。

弗林德斯没有鼹鼠丘。

有鼹鼠,就意味着有蚯蚓。就像煤矿里的金丝雀探测瓦斯一样准确[1]。

怀着一种与当天气氛相符的不祥预感,我从车里拿出铁

---

[1] 金丝雀对瓦斯十分敏感。空气中哪怕有极其微量的瓦斯,金丝雀都会停止歌唱。

铲,走进弗林德斯,在又厚又冷的黏土上挖了个一立方英尺的洞。挖完一个洞,又挖一个,接着再挖。羊看着我,有点困惑。蚯蚓的确会在冬天潜入地下,但不会像这样——每一个洞里我都发现两条蚯蚓,全在洞的顶端,动作迟缓,冻得发紫。我赶紧把它们埋回去了。

这片土地的大部分实际上已经"死去"了。我又在土地四周两英尺宽的草地上挖洞。这里的蚯蚓不多不少,平均一个洞里约有五条蚯蚓。我只需用温和自然的农耕让这些蚯蚓迁移到田间就可以了。

又开始下雨了。尽管如此,我还是忍不住冒雨去隔壁化学兄弟麦田看看。我像是被施了法术,傻乎乎地盯着,像行人路过车祸现场一样。由于过度使用杀虫剂和除草剂,地的四周有漂白的痕迹,庄稼中有一块一块的斑秃。地面上的裂缝宽得可以插入一只手。

每次看到化学兄弟的土地,我都会开始寻找比喻——像火星一样贫瘠,像渡渡鸟一样死绝了,像沙漠一样荒芜。

接着我做了些不合法的事。穿过树篱上的一个缺口,我在化学兄弟田里一个特别光秃的焦土角落,挖了一个洞。实际上,"挖"这个词用得不对。尽管最近下了雨,地面还是很紧实,我不得不将铲子用力插进去。到六英寸深时,我放弃了，一条蚯蚓也没有。拖拉机曾挣扎着将犁拖过没有蚯蚓的土壤，在地面留下18英寸深的车辙。

具体情况是这样的：蚯蚓通过肌肉收缩不断缩短和伸长身体，在地下挖洞。蚯蚓寻找缝隙，用力扩张缝隙，是给土壤通气排水的天然活塞。蚯蚓爬到地面上时，会把叶子之类的有机物带到地下吃掉，这能增加土壤肥力。蚯蚓的粪便中，有效氮含量是周围土壤的五倍，有效磷含量为七倍，有效钾含量则是十一倍。达尔文对大自然略知一二，第一本关于蚯蚓生态的综合性著作就是他写的——《腐殖土的产生与蚯蚓的作用》(*The Formation of Vegetable Mould through the Action of Worms*, 1881)。正如达尔文指出的那样："犁是人类最古老、最有价值的发明之一，但其实早在犁出现之前，蚯蚓便经常犁地。人们可能会怀疑，是否还有许多其他动物，能像蚯蚓这种低等动物一样，在世界历史上扮演过如此重要的角色。"

农业的第一条规则已被遗忘：蚯蚓越多，犁地越省力。

达尔文估计，每英亩耕地有多达53,000条蚯蚓。每英亩53,000条蚯蚓？说的不是现在，不是这块地，也不是弗林德斯。

极具讽刺意味的是，我挖洞的地方，属于古代的"维姆罗百景"(Hundred of Wormelow)，这一名称源自维姆河

（River Worme）[1]。

我离开时天晴了，但"化学兄弟"的土地还是留在我的脑海里。一片片粉红色的表层土带着水滑入两边的公用沟渠，产生更多淤泥。20英亩地每年一定会流失许多吨土壤。我无法进行精密的数学计算，但是一些田地的统计显示，侵蚀会导致每公顷地损失47吨土壤。在过去的40年中，由于土壤侵蚀，地球失去了三分之一的耕地。如果不能更好地保护土地，英国大概还有100年有收成。"化学兄弟"地里的冬小麦加剧了这一问题。因为年底比较潮湿，风也大，要赶在之前耕种。（90年代挪威的一项研究估计，秋耕造成的土壤侵蚀比春耕多90%。）

然后我闻到了沟里发出的味道。是消毒和清洁的气味。是氮肥的氨味。

回到弗林德斯，我把手伸进土地边缘的一个铲洞里，掏出一把仍然有蚯蚓的红土。走回车时，我的手指间滚动着一个迷你版地球。黏土弄脏了我的手。

一时兴起，我决定把迷你地球带回家，放在孩子们从《国家地理》杂志购买的显微镜下观察一番。

---

[1] worme一词有"小虫、蚯蚓"之意。——译者

这是一次进入地球的旅程。

开始有点手拙，在标本片上放了太多的土，只在显微镜里看到了一片红雾。然后我把针头那么点的土放在标本片上，加水，再外罩一个玻璃盖。

放大600倍看到一粒土，你才会看到其中的世界。有很容易看到的长线状植物，我认为是真菌。然后，在这个明亮的微观宇宙里，有海蜇一样的东西漂动。这种圆柱形的灰色怪物如此之大，如同透明的蛇在蠕动，我不由得把头向后撤了一下。

弗林德斯的土壤里有着生命。

这是什么样的土壤？镜头下是一个展示岩石形状的地质陈列柜，透明矩形的二氧化硅占多数。挖掘或犁耕时，二氧化硅会让红黏土发光。

红色是赫里福德郡的颜色。当年我大学住校，回家时，一路过兰瓜村（Llangua），我便知道我回到了赫里福德郡。不是因为路标上有郡名，而是因为旁边犁过的红褐色田地，那就是地标。

我承认，我对把弗林德斯变成一块传统麦田的愿景有些怀疑，但是土壤下隐藏的生命多么神奇啊，对此感到怀疑几乎就是失职。土地的儿子怎能放弃土地？

那天晚上我开车回到弗林德斯去查看羊群。头顶是银河，那隐含着魔力的北斗七星[1]在东方闪耀，我走在地上，像鼹鼠一样，什么也看不见，我想感受一下脚下的土地。4亿年前，古老的红砂岩在这个地方变成黏土，厚厚的砂石和淤泥堆积在盆地中，被氧化的铁矿物染成红色。

我也想看看另一个宇宙，在我头顶上的那个宇宙。

在玻璃般清澈的空气中，我能听到A466公路上微弱的嗡嗡车声，还有三亩林地中交配的狐狸发出的欣喜若狂的诡异叫声。

一月底，我统计了一下鸟台的来宾。这块一平方英尺的木板吸引了比周围25英亩耕地更多种鸟。虽然不是严谨的科学，但非常说明问题。

台上有金翅雀、大斑啄木鸟、麻雀、斑尾林鸽、秃鼻鸦、寒鸦、苍头燕雀、林岩鹨、乌鸫、知更鸟、欧歌鸫、树麻雀、蓝雀、大山雀、煤山雀、白眉歌鸫。（喂食器还引来了雉鸡。）

---

[1] 原文为The Plough Star，这是英国对北斗七星的称呼，plough意为"犁"。

现在，这张台子如同伦敦的皮卡迪利广场，鸟的数量众多，种类繁多，特别在我放上更多的种子喂食器和板油饼架之后。

一个月内，"化学兄弟"的农场和弗林德斯加起来只有斑尾林鸽、雉鸡、林岩鹨和秃鼻鸦。

我开车运一个干草架去弗林德斯，经过桑内克罗夫特射击场，十几个身着花呢衣服和短裤，戴着帽子的绅士站在路边，脚上昂贵的绿色长筒靴，都是Aigle、Barbour、Hunter、Le Chameau这样的名牌。这些脸刮得看不见一根胡子的先生们是伦敦来的"枪手"。稍远处有些穿着夹克拿着插有旗帜的棍子的男男女女，他们是本地人，为枪手们驱赶猎物。

爱犬伊迪丝和我一起在驾驶室里，她看着窗外那些在猎枪边待命的黑色拉布拉多犬。我朝前开，她把头转了180度，继续盯着枪、驱猎人和寻回犬，显然她认为我们应该停下来。

接着她轻蔑地瞪着我的靴子。这双曾也是簇新的名牌Aigle，四年里不断遭受泥泞和污秽的磨损。

射击造成的问题是，逃脱枪口的鸟会四散到田野里。我当然希望其中的一些红腿鹧鸪会逃到弗林德斯。

半小时后枪响了。这是金钱的声音。这在英国最穷的郡之一很受欢迎。

我来到弗林德斯，用饲料喂羊。像小短裙一样的羊群跑到槽边，还带着点羔羊的味道。它们觉得我从肩袋上取出食物的速度太慢，像猫一样缠绕着我的双腿。

一些从中世纪弥漫至今的薄雾挂在树林里，黑色的秃鼻鸦从白色时代[1]中现身，叫声像羊叫一样刺耳。

秃鼻鸦是种很聪明的鸟。

我觉得可供观察的鸟类太少的正面效果是，人们会给予一些熟知已久的品种更多的关注。

弗林德斯的树林里有18个鸦巢，阴沉的天空下，白蜡树裸露的高耸树干上有黑色的斑点。榆树曾是秃鼻鸦最喜欢筑巢的树，但是当荷兰榆树病在20世纪70年代消灭了99%以上的榆树后，乌鸦转向橡树、梧桐树和白蜡树。在弗林德斯是白蜡树。

很自然，秃鼻鸦正在造访鸟台，寻找易得之食。为了防止它们把什么都吃光，我把种子喂食器和花生喂食器挂在钩子上。这是防止"坏鸟"的专利发明。

也许这专利没用。如果没有亲眼看到这一切，我不会相信。两只秃鼻鸦飞了进来。一只把种子喂食器脱下钩，掉落下来，种子撒出来；另一只观看了这次突破和进入的练习后，

---

[1] 一些白人种族主义者认为，中世纪的欧洲是一个"白色时代"，即纯粹由白人组成。——译者

把花生喂食器脱下钩，里面的花生哗哗掉出来，像是一台冲过获胜终点线的游戏机。

对此我不该感到惊讶。在剑桥大学的一项实验中，五只饥饿的秃鼻鸦用一根铁丝做了一个钩子，从管子里吊出一小桶蚯蚓。秃鼻鸦的智力堪比黑猩猩。

地上那两只秃鼻鸦擦着喙，大概相当于人类的黑帮分子举手击掌，像邦妮和克莱德[1]一般。

我把秃鼻鸦巧妙获取的谷物留给它们，开车到赫里福德的"乡村农夫"店买了一袋25公斤重的鸟食。

这里面掺杂着忏悔，对过去杀害的秃鼻鸦，我感到愧疚。

2月2日 圣烛节。传统上这一天在农村标志着自降临节之后的禁欲结束。农场的人希望妇女在收获季节干农活，而不是挺着大肚子。

大水塘横穿弗林德斯。羊差不多吃光了羽衣甘蓝，最后的茎秆在雾中伸出，像康沃尔海沉船的桅杆一样。在"化学

---

[1] 美国20世纪30年代的一对雌雄大盗。

第一章 我要了这块地
I Take This Field

兄弟"的那一边,寒冷导致小麦生长停滞,像绿色的海星一样晃动。一只雉鸡长途跋涉穿过田野,眼睛盯着地面,但什么也没找到。

伊迪丝冲进树篱,我叫她也不过来,于是我迈着重步过去,拉住项圈把她拽了出来,但因为没看到黑刺李的枝条,我眼睛下方被扎了,血顺着脸滴进嘴里。

黄昏时分,路上的车灯忽明忽暗。开过的车转瞬即逝,我流着血走过永恒的土地,然后我明白了。赫里福德郡的黏土闻起来像什么?像血红蛋白。

我关上通向车道的门,一只知更鸟倾吐着一首小歌。知更鸟知道我喜欢它吗?我相信它知道。车开出才10码,我看

到路边有一丛榕毛茛已经开花。我放慢速度，发现树篱下的雪滴花[1]，白色铃铛一样的花今年迟迟没开。如果雪滴花原产于英国，那就在这里，西部。通常，我会在女儿1月19日生日那天寻找雪滴花。不过，奇怪的是，雪滴花应该出现在圣烛节，因为英国其他地方的村民过去都称之为"圣烛节的钟"。

花只在树篱的一边，另一边没有。英国道路两边是我们拥有的最大却未被承认的自然保护区。

2月14日 在一片诡秘的热浪中，一小群白眉歌鸫飞向北方，在田野的诸多景象中毫不起眼。当瘦小的鸟儿离开视线时，一只雌茶隼滑行过来，栖息在穿过田野的电线上。茶隼是二态的[2]，雄性和雌性外观不一样。雄茶隼有灰色的头，体形更大的雌性头是棕色的。有些搞笑粗俗的明信片上画着一只满嘴胡须的雄茶隼和他壮硕的老婆。但是爱情，尤其是情人节的爱情，是盲目的。她发出"喀——喀——

---

1 又名雪铃花、雪钟花、雪花莲。
2 dimorphic，形容同一物种两性之间体形存在差异，则为二态。

喀"的求偶呼唤,他飞向太阳,飞到她上空。他俯落到低处,她在他面前优雅地盘旋。他们一边飞,一边亲吻追逐,直到飞进树林里。

这是我第三次在弗林德斯看到茶隼。

晚上冰霜杰克[1]来了,他是农田鸟类要面对的自然界连环杀手。最近的清晨,弗林德斯都像是包裹在零下三摄氏度的白铁皮里。在严霜中,露天农田里的鸟儿很遭罪。旋木雀仍然可以在林子的树皮和裂缝中找到食物,但是秃鼻鸦和椋鸟能指望什么呢?霜冻使地面变得太硬,它们无法吃蚯蚓和蛴螬,平时它们以此为主食。与鸦科中的大多数不一样,比如乌鸦、渡鸦和无处不在的喜鹊,秃鼻鸦不以腐肉为食。

我渐渐喜欢上了我的秃鼻鸦邻居,在鸟台上放了额外的黄粉虫。尽管如此,在西伯利亚一般的霜冻的第四天,出地里还是有一只秃鼻鸦死去了。一只老鼠从树篱上爬出来看了一眼,随即匆匆离去。

---

1 Jack Frost,英国民间传说中的雪精灵。

我知道为什么。在离林子最近的树篱下,一只狐狸溜了出来,站着喘粗气,耳朵朝前竖着,在算计风险。它可以在对面的角落看到我。它瞅瞅我,瞅瞅像块破黑布一样的秃鼻鸦,然后飞窜出来,用嘴叼住轻跳着跑开,每次落地都扬起一小片白雾。

霜有一种古老的魅力,但三天后它会变薄。世界很苍老,我今天感觉到了。

圣韦纳茨那边山谷里的秃鹰在树林中盘旋着发出悲鸣,如果它们来到这里,会得到一笔"不义之财"——地上有一只死去的五颜六色的苍头燕雀。

哦,二月。四天的霜冻后下起了雨,然后又下了雪。羊吃光了羽衣甘蓝,我把它们迁到旁边的草地围场。弗林德斯被一张一英寸厚的苍白裹尸布覆盖着。

雪是一种用来探测大自然的白色物质。有明显的兔子痕迹显示它们从林中出来,穿过围场进入弗林德斯。一只狐狸醒来后轻步走着,然后转向喂食器。喂食器边雪地上鸟儿翅膀的拍打痕迹说明,那里曾有过一次飞速逃窜。从路边的树篱到弗林德斯，有一串细小的爪痕通向鸟台，那是鼩鼱和田鼠冒险跑来吃散落的鸟食。

一群麻雀在鸟台上吵吵闹闹，接着飞到地上，大概觉得有点危险，又飞向树篱。麻雀自石器时代以来一直与我们生活在一起，一度是城中的鸟，现在几乎完全变成农田里的鸟。伦敦的麻雀数量已经减少了90%以上。

尽管下着雪，麻雀还是散发出一种明显的情欲，它们一贯如此。在古希腊，麻雀蛋作为催情剂出售。对《坎特伯雷故事集》中的乔叟来说，麻雀是色欲的同义词："他容易激动而好色，像麻雀一样。"

农村是麻雀最后的堡垒，但麻雀的数量仍在下降。三十年前，人们会看到上百只麻雀从谷仓中飞出来。如今谷仓有防鸟设计，既是为了效益，也是出于健康和安全的考虑。

在观察英国的农田状况时，一个人会变成统计灾难的会计。

然而……雪不停地下，掩埋了大地，世界焕然一新。天快黑时，我在弗林德斯边的围场里喂羊，成为这个没有颜色的世界里唯一移动的物体。一只仓鸮轻柔地拍动翅膀飞过弗林德斯，背部像故事书里的圣杯一样金灿灿的。

我想唱歌，我想呼喊。

土地融化了。站在弗林德斯，我意识到，每年春天英国都会上演从冰河时代开始的故事。

第二天去弗林德斯的路上有一只鹭。

我没有骗你，一只苍鹭站在被水淹没的旁道中间捕鱼。他看着我，似乎这里是他们世世代代的领地。我靠近时，他很不情愿地飞走了。

即使在路虎车里，路上的积水也堪称"有趣"，就像中国人诅咒的那样："愿你生活在一个有趣的时代。"[1] 满是漩涡的泥水一度将一吨重的路虎抬了起来，向后推了二十码。

弗林德斯地势较低处是一个延伸的水塘，风在积水处犁出了长沟。

沟里奔涌着融化的雪水和雨水，上演着暴力的戏码。通向旁边土地的管道上挂着一件皮毛披肩，像是晕乎乎的女士从舞会回家的路上遗落在那里的。

当然，那不是披肩，而是只一两岁的死狐狸。冬天的雨

---

[1] May you live in interesting times. 据称是来自中国的诅咒方式。表面上是一种祝福，实则具有讽刺意味。和平安稳的年代是"无趣的"，相反，"有趣的"年代则代表着动荡与不幸。

第一章 我要了这块地
I Take This Field

雪对猎物和捕猎者同样无情。

地上悄悄掠过一个影子,离我大概三十英尺。赤鸢与众不同,长着标志性的叉尾和长如翼龙的翅膀。气温降了一度多。赤鸢通常在西部蛮荒山区猎食,现在迫于生存压力,来到这片耕地上搞突袭。我祝你好运。

我有些疑惑,以为世界将永远是冬天。但还有希望,路边树篱中的山靛在崛起。植物会暗示季节,和日历一样确定。如果山靛出现,那春天一定崭露头角了。一定是吧?

秃鼻鸦(rook)在林里吵架,拆邻居的巢,偷东西。因为喜欢占巢,秃鼻鸦以强盗的形象进入了词典。Rook一词有"欺骗"之意,出现在"二战"前很多代人的日常俚语中。秃鼻鸦就是大骗子。在狄更斯的时代,rookery既是秃鼻鸦的聚集地,也是伦敦充满罪犯的贫民窟。

没有人说秃鼻鸦一句好话。不知何故,即使是秃鼻鸦那坚定不移的优良飞行习惯,也被比喻成"像乌鸦一样飞"(as the crow flies,意为"直线飞行")。

我看着秃鼻鸦寻思:如果总是争吵,为什么要共同生活?

瞧，我也在说乌鸦的坏话。

离开弗林德斯时，雨水啄着我的脸颊。

2月28日 我走进弗林德斯，拔出干草架。地面潮湿柔软，似乎这个星球的皮肤正在从身体上脱落。每向前走两步，我都会向后滑一步。

天空是一张还没有铺好的床。突然，一阵雨箭射在我头上，落在鸟台上，裹挟着那些黄粉虫。椋鸟的羽毛上有着冬天星空的图形。一只椋鸟跳下来，落到羊背上，这是长久的联盟。椋鸟挑出羊虱，因此当地管它叫"盯羊"（sheep stare）和"羊椋鸟"（shepstarling）。

这是我在弗林德斯看到的第一批椋鸟。环境食品和乡村事务部（The Department for Food, Environment and Rural Affairs）列出了12种生命周期与农业相关的农田专属鸟，包括：黍鹀、金翅雀、灰山鹑、凤头麦鸡、红雀、云雀、椋鸟、欧鸽、麻雀、欧斑鸠、黄鹂和白喉林莺。

实际上这个清单涵盖太少。秃鼻鸦、仓鸮、雉鸡、红腿鹧鸪、鹌鹑、长脚秧鸡和黄道眉鹀也是农田专属鸟。

第一章 我要了这块地
I Take This Field

能说服名单上的一只鸟来到弗林德斯,我还是颇有成就感的。那是一只雉鸡,尾巴压地,头高举,廓廓叫,欢快地振动翅膀。树篱上,一只苍头燕雀发出快乐的颤音,二月的原拉拉藤开始爬藤,白蜡树钢鞭一样的枝条长出很多嫩芽,像是兔子的鼻子。

这些是春天的迹象。冬天并非不可战胜。椋鸟是先兆。我正在修补弗林德斯破碎的心。如我所愿吧。

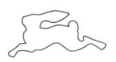

"三月"(March)在古英语里是Hlyda,意思是响亮。此时,风正在抽打弗林德斯潮湿的野地。

我只能相信关于这个月的古谚:"来时像狮子,去时像羔羊。"

现在是三月初,雄乌鸫在车道上打架,雄雉鸡在地里打。5日早上5点30分,我在家里,睁眼躺在床上,黎明的合唱在脑海中闪动。到了白天,鸟的数量和种类比黎明更多,合唱队唱着春天的歌。

但土地仍然不适合耕种。我把弗林德斯的母羊都带回去产羔羊了,除了"苏"。她来自设得兰群岛(黑白两色,不是绵羊），和我们一起经历了农场和羊群的变化。女儿还很小的时候，苏也还是一只小羊。不知从什么时候起，苏从羊群的一部分变成了一个家庭的一部分，我们家的一部分。

以15岁的年龄来说，苏很可能是英国年纪最大的将要生产的羊。她扭伤了腿，意味着在运输途中她会摔倒。除了和她一起在弗林德斯围场过夜，睡在驾驶室里，我别无选择。于是，10日晚上8点，我带着被子、狗、暖瓶和一盒子羔羊接产工具，走进车里。

我无法入睡。因为原生家庭机能不健全，寒鸦们在弗林德斯后面丘陵地带的某个地方狂叫。寒鸦从来静不下来，叫起来"嘎呀——嘎呀——嘎呀"的，声音尖厉，像警报，而不是催眠曲。寒鸦的英文是Jackdaw，Jack是"小"和"流氓"的旧称，而寒鸦确实又小又流氓。不过我每两个小时要查看一下苏，也睡不着。她盯着月亮，这是生产将要开始的明确迹象。

即使被狗和被子裹着，驾驶室里仍然冰冷。为了让身子暖和些，我带着不情愿的伊迪丝出去走了一圈。

我喜欢走在夜晚的车道上。夜晚，你可以假装乡下还有鸟、花、蜜蜂和动物。寒霜冻紧地面,把树篱的平顶喷成白色。夜晚，你仍然可以在乡下看到奇迹。走回去时，我看到月亮周围有一个巨大的光环,那是月光透过冰晶折射造成的月晕。

是的,你仍然可以看到奇迹。凌晨4点左右,在超凡脱俗的月光下,苏产下了羊羔。

刚出生的羊羔应该是最丑的动物了吧。和所有其他羊羔一样,它带着一层外星人黏液囊来到这个世界。(或者,更为残酷地说,羊羔的薄膜罩预示着将来被宰杀后放到超市货架上的塑料膜。)母羊始终保持沉默,因为羊是猎物,虚弱时会尽量安静,不发出声音。

一只灰林鸮在树林里尖叫,可能因为是三月,所谓春天第一个月。但是正在撤退的冬天又回了头,把魔爪伸向了赫里福德郡。尽管穿着许多层衣物,看起来像是米其林轮胎人胖宝宝,我还是冻得瑟瑟发抖。

它还活着吗?在赫里福德郡一座围场的夜景中,包裹着小羊的黄色薄膜是唯一的颜色。

苏会像往常一样出色地完成母职吗?是的,她正在舔小羊。首先从小羊脸上舔下薄膜,然后用舌头刺激小羊的身体。

小羊像是一幅黑白两色的拼凑作品,这是一个体现大自然设计协调完美的神奇夜晚。小羊在摇头,接着发出鼻音。老话说得好,羊羔很"敏锐",这一点至关重要。几分钟后,它就站了起来。

蹒跚的小羊能找到羊妈妈的奶头吗?脑袋撞错了地方……啊,成功了,终于咬上了,小尾巴快乐地扭动。

小羊很美。因为没有什么比一只新生的羊羔更漂亮、更温柔了。吃完奶后,我抱起它,用龙胆紫喷洒肚脐以防关节病。抱在手里,我能感觉到羊毛的蜷曲和柔软。这是只小母羊,我要开始养她了,她叫"月光"。

我流泪了,但是,当然,只是因为冷。

苏想保护小羊,有点恼火,跺着脚。我把小羊还给她,她带着小羊穿过围场。我留下了一些一岁多剪过一次羊毛的羊与她们做伴,苏和小羊加入其中。它们变成了霜上的阴影,黑与白。

现在,只需来一次南风消去霜冻,我便可以开始耕种了。

南风来了。两天后,葱芥在篱笆路的一边蹿出来,又细又高,稚嫩青绿的叶子有了春天的气息。

第二章　犁人约翰

"被一切两段的蚯蚓原谅了犁。"

——威廉·布莱克,《地狱的箴言》

我们在厨房里。春天播种小麦时的温度应为8摄氏度,为了测量土壤的温度,我在"男人的抽屉"里翻找花园温度计。我给潘妮讲个了故事,关于过去农民如何判断土地是否暖和到可以播种(他们会脱了裤子坐在地上。如果裸露的屁股能承受地表温度,那就够暖了)。"你不也应该这样做吗?"她问道。她暗示我在胡说,也在怀疑我的吃苦能力。我立刻轻蔑地啪的一下关上抽屉。

幸运的是,我可以用手掌来测温。

中世纪的农民会步行到达农田中的不同地带。我开车去了五块加起来70英亩的土地,它们散布在不同的地方,两头有15英里远。临近中午,我才抵达弗林德斯。车的暖气坏了,主驾驶那边的车窗无法正常滑动关闭,因此我用了"狗子暖水袋",把伊迪丝放在腿上开车。

在寒冷晴朗的天空下，我用铲子在地上撬了一条缝，插入温度计，观察露在外面的读数。然后在整块地的四个角测量四次。温度计上升到8摄氏度左右时，铲子就干燥了，泥土便从上面脱落下来。

钢铲就像犁片，如果泥土像粥一样黏在铲子上，就会像粥一样黏在犁片上。

温度和干燥度都合适。作为额外的测量，我把前臂放在地上，感觉相当舒服。两只秃鼻鸦嘴里叼着树枝飞过。林子里，它们的邻居正在为房产权争吵。又有三只掉队的飞过，秃鼻鸦飞回巢时乱哄哄的，就像它们的巢穴一样乱糟糟。巢穴是永久性设施，成对的秃鼻鸦年复一年地使用同一个巢。直到九月，秃鼻鸦才会停止嘶哑的叫声。

葱芥在生长，乌鸦在筑巢，在春分这一天，白天和夜晚的时间相等。是时候犁地了。

20世纪80年代的某个时候，我在一个春天的早晨犁地，无力的阳光下，拖拉机后面的土地翻开来，重重落下，叠在一起，带着光泽。我瞥了一眼犁完的半块地，土块齐整如算术一样精确，上面有一排排的凤头麦鸡，站成小群，观看我劳动。

我趁机抬起头来看看发生了什么。雀鹰疾飞到田野里，

第二章 犁人约翰
John the Plowman

猛然升高，精妙而狡猾地对齐灰色的教堂尖塔，使自己几乎消失在背景中。鹰的翅膀静止不动，像是被挂在线上，如同孩子的风铃，带着些恶意。凤头麦鸡只有在最后一刻才能看到凶手袭来。它们飞起来，大概有二三十只，以数量换取安全。在空中，他们同步翻滚，露出白色的腹部，然后翻转到闪耀的绿色背部，像一只巨大的眼睛在天空中眨动。正是这种同步飞行为这种鸟命了名——Lapwing 是 lap-wink（同步眨眼）的变体。

雀鹰犯了一个低级错误，突然改变方向去捕捉一只凤头麦鸡，然后又扭过来去抓更近的一只。空中发生了接触和碰撞，几片羽毛像晚雪一样落下。那只凤头麦鸡虽然被撞开，却马上在半空中重新调整，追上大部队离去，越过拖拉机驾驶室上方。雀鹰因为无法减慢速度转身，便放弃了追逐，勉强不失面子地滑行到树篱间的白蜡树中。

雀鹰惊醒了凤头麦鸡，至少有30只凤头麦鸡发出惊呼，形成一堵音墙。一瞬间，福特7600的发动机噪音消失了，耳边只剩"哇哇哇"的声音，逐渐攀升，直至高潮。我仿佛被关在一个密闭空间，周围是哭闹的婴儿。

凤头麦鸡有个奇怪的名称。形容一群凤头麦鸡的集体名词是 desert，用这个词来描述这种背部是令人垂涎的深绿色的鸟，是在开玩笑吗？[1]也许这个集体名词是一个神奇的预言，因为此后凤头麦鸡很快抛弃了我的村庄，也从英国大部分地区消失了。

凤头麦鸡伴随着我的成长。到处都是，布满天空，像黑白纸屑一样撒在土地上。过去的十年中，我的孩子看到过凤头麦鸡，确切的说是两次。一次是偏离飞行路线的一小群在我们的山丘农场躲避暴风雪。还有一次是在我们穿越皮卡第（Picardy）的时候。我的孩子和其他孩子一样，已经习惯于极少的自然接触，而且是不那么天然的自然。每一代人都将习惯于更少的自然接触。

乔叟在他的诗《百鸟议会》中说凤头麦鸡"满是背叛"，暗示这种鸟在巢中留下"受伤"的痕迹以引诱捕猎者的能力在14世纪就已广为人知。

但是，真的，是我们背叛了凤头麦鸡。由于农业深化，英格兰西南部的农田鸟类数量自1970年以来下降了50%以上。

我运气好，生活在最后一代鸟类幸存的英国，这对我来说是件幸事。

---

[1] desert有"沙漠"之意，做动词时则有"未经允许离开军队"之意。一般认为，形容凤头麦鸡的集合名词desert来自deceit（欺骗）。——译者

第二章 犁人约翰
John the Plowman

3月18日 三十多年前我十来岁，之后就再也没有犁过地。

所以，没有压力。

我们有一台弗格森TEF-20柴油拖拉机，在院子里当铲土机用。我在拖拉机后面装了一个附件，用来铲运院子里的泥土和污物。

即使年纪已经上了五十，弗格森仍然能犁地。没有什么是永恒的，但弗格森有可能永恒，乡下人都称之为"小灰弗吉"。为了让人体会偶像级的弗格森有多强大坚固，埃德蒙·希拉里爵士[1]选择它来穿越南极。弗格森是考文垂的标准汽车公司在1946—1956年间的产品。2003年，大约有五十辆TEF-20绕着英国海岸线行驶了3176英里，这是有史以来拖拉机最长的一次旅程。

用小灰弗吉犁四英亩的地，既不快，也不舒服。小灰弗吉没有封闭的驾驶室，但我总是喋喋不休地说需要与自然元素接触，所以接受了这一点。坐在金属座椅上，在一个春天。

---

1 Sir Edmund Hillary（1919—2008），登山家、冒险家，曾登顶珠峰。

如果使用26马力的弗格森拖拉机，我觉得可以用三铧犁。但现代的土地不适合蚯蚓生存，因此在弗林德斯，我只能将就着使用10英寸的双铧犁。

我把弗格森开到弗林德斯，后面拖着犁，这条路15英里，时速10英里。这是弗格森经历过第二长，也是第二冷的旅程，或者至少感觉如此。到弗林德斯时，我的脸上像是戴了个冰罩。

我仍然在喂弗林德斯的鸟。四处跺脚暖和些后，我在鸟台上放了种子。等潘妮来接的那段时间，我进行了十五分钟的常规观察。

树麻雀先落在鸟台上，然后是知更鸟和蓝雀。树麻雀们一如既往地被异性分散注意力，一群叽叽喳喳的雄雀追逐着一只雌雀，飞进树篱乱丛中，树篱中的黑刺李枝条上长出了花骨朵。

两只树麻雀无动于衷，我终于看到了它们栗色的头顶。树麻雀（学名：*Passer montanus*）一定是英国最被忽视的鸟类。

第二章　犁人约翰

直到1713年，树麻雀才被认为是不同于麻雀的一类。它的拉丁文名称，以及山丘是其栖息地的说法，是完全错误的。树麻雀是一种开阔低地的鸟类，只要有老树就可以筑巢。老榆树被伐后，树麻雀和秃鼻鸦一样，失去了栖息地。

70年代，树麻雀又失去另一样东西。我儿时的"圣经"《英国鸟类文摘》(*The Reader's Digest Book of British Birds*)中写道："在秋冬季，（树麻雀）在作物收割后的残茬地和堆干草的院子里觅食。"

还记得冬季茬吗？那是11月到3月间的联合收割机留下的，那段时间在凯尔特黑暗之神萨姆恩的寒冷统治下。你也许不记得了。20世纪70年代，英国耕地经历了从春耕到秋耕的巨大转变，从此冬季茬难寻，除了一个地方——圣诞卡上。圣诞卡上，闪闪发光的镜框里，雉鸡和鹤鸟像是在怀旧一样，依然巡视着被雪覆盖的残茎茬子。圣诞节艺术不再模仿真实的乡村生活，只有3%的耕地还有冬季茬。1970年以来，树麻雀数量下降了93%，这是另一个原因。

树麻雀的脸上有一块小斑，像是摄政时代[1]流行的美容斑。突然，太阳出来了，像是为了照亮这块小斑。

---

[1] 1811至1820年，英国国王乔治三世因精神病情日益严重，被认为不适合统治，他的儿子（后来的乔治四世）以摄政王的身份代理统治。

光会改变一切。阳光照射下，林中18个鸦巢从树木风景画的斑点，变成了白蜡树冠上的黑钻。

我用手机给潘妮打电话，让她晚点来接我。

树林离田野只有二百码远。我花了整个下午在树叶间踢着树叶走来走去，抬头查看，在树干上寻找适合树麻雀栖息的洞，直到头颈发酸。在这片三英亩的树林里，我几乎没能找到。最后我打电话给一个朋友，让他赶快特制六个巢箱。我准备把其中四个固定在一棵修剪过的槭树上，绕着树干排列，另外两个安置在六英尺外的落叶松上，一上一下。树麻雀是终生交配的动物。

有一段时间，秃鼻鸦都飞走了，林子像教堂一样寂静。

潘妮提出了一个很直接的问题：人们为什么犁地？我开始长篇大论地解释，于是她建议我写下来。

从来没有人指责过我喋喋不休，但我从小口吃，一直到13岁，说话比大多数人都少。我害怕发V这个音。也许被撒旦捉弄了一下，我放学回家，下车的那一站是Vineyard（葡萄园）。我要么说Winyard，招致从司机到后座上的男孩所有

第二章　犁人约翰
John the Plowman

人的嘲笑；要么提早一站下车，多走半英里路。更让人觉得滑稽的是，当时我还戴着一顶学生帽。从来没有其他事比这一件伤害我更深。实际上可能没怎么造成伤害，反而迫使我加强锻炼，成为校史上跑200米最快的13岁男孩。

种植作物前要松土，让表层土形成一个苗床。早在新石器时代，人们就发现土壤粉碎得越好，苗就出得更好，作物质量也更好。最早的"犁"是粗糙的尖树枝或鹿角，用来搅动土壤表面，把种子埋起来。第一个有记录的犁是在埃及纪念碑的象形图上，由一个木质楔形物组成，顶端有铁，固定在向后伸出的把手和一根横梁上，由牛或人拉动。实际上，早期的犁是拖过地面的锄头，碎土，但不翻土。希腊人将其发展成装有轮子的犁，便于控制，也更为机动。用橡树和榆树做横梁，铁被用来制造铧头或犁片。由于铁非常珍贵，战争时期犁被用于制造武器，可说是"铸犁为剑"。

罗马人和盎格鲁－撒克逊人用的犁，和希腊人几乎没有区别，尽管撒克逊人的犁更重，有的甚至要八头牛来拖。他们把沉重的犁拴在牲畜的犄角甚至尾巴上，拖过地面。尽管这种做法到了17世纪在爱尔兰被法令禁止，但仍然有人继续这么干。有些执法者通过罚款，让自己过上了好日子。为了减少拐弯的次数，撒克逊人把农田搞得很长。英语里的

"弗隆"（furlong）表示八分之一英里，源自犁沟的长度（furrow-long）。一英亩是一个人一天用两头牛可以犁完的地，一英亩正方形的地，边长70码不到。

马从18世纪开始使用，在此之前，牛是主要的牵引动物。马取代牛并不奇怪，虽然比起牛来，马的耐力差，饲料成本高，但犁地的时速比牛快将近一英里。

18世纪早期，一种带有凸起推土板的犁从荷兰传入英国。推土板翻动土垡，把种子和植物埋下去，同时让土的表面充分暴露，以利于霜、空气和风对其进行分解。推土板推出来的土垡以45度的角度彼此相对。犁沟也起到了排水作用。

"犁"（plough）这个词似乎来源于撒克逊语里的plou。尽管最初起源未知，但马克斯·缪勒（Max Müller）曾在《语言的科学》（*Science of Language*）中把这个词与印欧语系中的to float（漂浮）连接起来，漂浮的船如同"犁"过波浪。

犁比人们想象的要复杂得多。为了让犁沟的尺寸和形状一致，我花了一整天时间，用水平仪、木块、卷尺和扳手，对齐所有的东西，让犁变"直"，最后有点恼羞成怒。还有，犁铧和犁板都要磨得锃亮，这样泥土才不会黏在上面。

弗格森的犁是固定的，意味着犁的推土板只能朝一侧翻土。为了防止地的当中留下犁沟，我从凹地的中线开始作业，分别在中线的两边，依照着一个个矩形绕圈翻耕。哎，还是不谈太多的技术细节了。

我在第一块地的两边插上了两根平行的记号棒。我迎着上坡犁地，以抵消土壤滑下的自然趋势。

犁地的第一下决定了一切。在过去几个世纪里，领头的那个犁人起着至关重要的作用，因为如果第一条线错了或弯了，随后的犁耕会一片混乱。人们最担心"欠活"，即产生难以犁到的角落。

与爱情不同，犁地的第一个切口最浅，大约有三英寸深，只有后推土板会放下来。我在拖拉机发动机罩的前部贴了一块黄色胶带，像瞄准器一样，帮助我瞄准记号棒。我心里有点慌，朝着记号棒开过去。那是一根缠着白布的竹竿，看起来似乎离我有一个大陆那么远，与之相比，床单那么大的欢迎旗挥舞起来可能更有用。在犁第一条沟的时候，我像是两面神雅努斯：一半时间向前看，一半时间回头看身后的犁。

现在还很早，阳光刚刚照到羊身上，给它们带来了一点生机。

在土地中间的某个地方，我偏离了路线，在直线上留下了一个小弯。

我掉过头来，重新修整。

第二、第三和第四条犁沟都很深，并且彼此紧密贴合，中间形成了土脊。爸爸爹爹管这叫"开地"。

突然,我放松下来。单手转方向盘,右手放在挡泥板上,故意摆出农民漫不经心的姿态,也是因为这活儿容易了些,因为是在斜面上犁地,拖拉机一侧的车轮只需跟着前面犁出来的沟就可以了。

骄兵必败,我开始犯一些低级错误。在犁沟的尽头转动拖拉机时,是必须抬起犁的。开过去的时候,拖拉机转得太早,搞出来一连串曲线。

从座位上往下看犁,感觉土不是从犁里挖出来的,而是一排排喷出来的,像是从塑料袋子里挤出糖霜。

我以每小时3英里的速度上上下下,来来回回,以步行的速度创造出一片红海。鸟儿立刻飞下来,像渔船拖网后的海鸥一样。那是一群瘦弱的秃鼻鸦、乌鸦、寒鸦和椋鸟。

秃鼻鸦跟得很近,几乎就在犁底下,急切地想找到第一条蚯蚓和第一只蛴螬。有一次,当我转向畦头未耕的那块地时,我看到两只秃鹰停栖在地上。

柴油的气味像是死老鼠,弗格森引擎规律地发出"切卡切卡"声,鸟儿紧随着犁找吃的,这些都很美妙。不太妙的是黏土塞住了犁,我要下来用铲子清理。

干了三个小时,我停下来吃午饭。为了像个真农民,我

第二章　犁人约翰
John the Plowman

带了一大块面包和一块切达干酪。大约于1394年出版的《农夫皮尔斯》提到了这两样食物，再加上啤酒，便是传统的农夫饭了。唉，如果你相信所谓的"农夫午餐"是英国客栈和酒吧几千年来的主食，你会失望的。"农夫午餐"始于20世纪50年代中期，当时奶酪局以令人钦佩的营销手段，推广这种"农夫午餐"来刺激奶制品的销售。

我对20世纪70年代"农夫午餐"的记忆是：一边吃三明治，一边抽着No.6或Benson & Hegges牌香烟。我面前的犁沟里有一根骨白色烟斗柄，这或许暗示着烟草在维多利亚时代是个"祸害"。

两只雄雉鸡享受着午间散步。走出树篱阴影中的雉鸡颜色变了，从鼠褐色变成了带有光泽的青铜色。雉鸡华丽与否完全取决于太阳神的反复无常。

接着，一只云雀在"化学兄弟"的麦田里飞起。"等等我，"我呼喊道，"等等我。"

回到拖拉机的露天平板上，冬天的残喘消耗着我，但我努力坚持，正如《圣经》所说："懒惰人因冬寒不肯犁地耕种。到收割的时候，他必讨饭，而无所得。"

到下午晚些时候，光线减弱和温度降低，手摸在金属挡泥板感觉冰冷黏手。我戴上麦克维特（MacWet）马术手套

（也有其他牌子，但是不如这个）。手套很保暖，又足够灵活，让我可以通过方向盘感受犁沟壁，对犁进行调整。我穿上了蓝色长外套，没有更简单的能让弗格森的金属座椅坐得舒服的方法了。从以往的经验中我知道，坐垫会不停地滑动，令人恼火。坐着穿长外套是明智的选择。

蓝外套、麦克维特手套、围巾、科丁斯粗花呢帽子。在脑海的镜子中，我几乎认不出自己。

犁沟像一条无止境的带子，如糖霜一般从袋子里挤出来。我迷失在耕耘中，迷失在每小时3英里的沉思之中。我眺望犁完的土地，看到一些黑白相间的鸟儿——在那欣喜若狂的一秒钟里，我觉得自己看到了凤头麦鸡，接着它们起飞，飞到马路对面农场的鸽房。

必须耕耘过，你才能了解其中的感官体验。你把犁带到一块田里，你用犁脱去土地的衣服，露出下面新鲜的肌肉。这也是一种神圣的行为，因为你是一个小小的创造者，一个新景观制造者。你是主神奥丁。

难怪犁人是农场工之王。

> 我将和父亲一起去犁地
> 去海边那片绿色土地

第二章　犁人约翰
John the Plowman

> 秃鼻鸦、乌鸦和海鸥
> 会跟在我后面……
> 约瑟夫·坎贝尔（1879—1944，盖尔语名字为Seosamh MacCathmhaoil），《我将和我父亲一起去犁地》
> (*I Will Go with My Father A-ploughing*)

第二天我还在犁地。上午我从拖拉机上下来检查犁地深度，发现犁轮边有一枚硬币。擦掉泥土后发现，那是一枚1899年维多利亚时代的便士。在赫里福德郡，我们把犁地翻出来的旧硬币称为"侏儒钱"或"仙女钱"。我把它放在口袋里保佑自己。

回到弗格森蹦蹦跳跳的斗式座椅上，我一遍遍唱起作曲家乔治·巴特沃斯（George Butterworth）演绎的《我的队伍在犁地》(*Is my team ploughing*)，原诗为A. E. 豪斯曼（A. E. Housman）所作：

> 我的队伍在犁地
> 我过去干这活儿
> 听着马具叮当

怎样才算活着呢？
啊，马在踢踏，
马具叮当作响
和从前一样
即便如今你躺在
这片曾犁过的土地上

只有收割小麦时，我才会唱伍兹乐队（The Wurzels'）的《联合收割机》(*Combine Harvester*)。

生活会模仿艺术。看到弗林德斯旁边的围场里有一只鸟时，我正在思考sillion这个词。杰拉德·曼利·霍普金斯（Gerard Manley Hopkins）在他的诗《茶隼》(*The Windhover*) 中发明了这个词，形容犁过的土地发出的光亮。

高飞着，振动着翅膀之缰
忘情地飞着！向前，向前，转向
像冰鞋溜出平滑的弧线：疾速滑行

> 顶着大风。我宁静的心
>
> 为一只鸟而激动——它拥有着如此高超的技艺！[1]

茶隼高悬在空中，沿着细微的曲线移动，停下时像是被一条看不见的链条固定住。在十多分钟的时间里，雄性茶隼驻扎在围场捕捉老鼠。

当然，我也希望见到一只老鼠，那样我就可以加入罗伯特·彭斯（Robert Burns）的行列了。他在1785年11月翻起了一只老鼠的窝，那用来道歉的诗句已然不朽：

> 我真遗憾哪，人的无上权力，
>
> 破坏了自然界的和衷共济；
>
> 证实了别人所加的恶名，
>
> 使你见了我就惊悸。
>
> 你这大地所生的可怜伙伴哪，
>
> 竟成了人类的仇敌！

---

1 作者没有引用全诗，诗的最后一段出现了这个词：
No wonder of it：shéer plód makes plough down sillion
Shine, and blue-bleak embers, ah my dear,
Fall, gall themselves, and gash gold-vermillion. ——译者

你眼看着田野荒芜沉寂,
忧虑着迅速临近的冬季;
你想找个背风的处所,
舒舒服服地住在此地。
直至轰隆一声!无情的犁刀削过,
捅穿了你陋屋的墙壁。
可是,小鼠呀!并非只有你,才能证明,
深谋远虑有时也会枉费心机。
不管是人是鼠,即使最如意的安排设计,
结局也往往会出其不意。
于是剩给我们的,只有悲哀和痛苦,
而不是指望的欣喜。

(徐家祯译)

当然,撞见老鼠的计划落空了。老鼠和人类因谷物聚在一起了,因为二者都以此为食。人类是从公元前8000年开始培植野生草本植物的。

秃鼻鸦仍然在犁的后面,比其他鸟类更近,也不那么害怕,第一个吃到被钢犁片翻出来的无脊椎动物珍馐。我停下来吃点心，秃鼻鸦群在地面铺开，用它们自己脑袋上天然生长的"犁片"，再次翻遍地面。

兰瓦尼（Llanwarne）的承包商罗伯·普赖尔（Rob Pryor）来了，此君此行主要目的是开些拖拉机的玩笑。

现代拖拉机，比如罗伯的新荷兰-T8，像超级跑车一样先进，售价高达25万英镑——这也是兰博基尼制造拖拉机的原因。

"约翰，过来看看我的驾驶室有多暖和。"罗伯说。他身着常穿的那件新西兰全黑队的橄榄球衫，当年他还是农科学生的时候，去新西兰上了门剪羊毛的夏季课程。

他的驾驶室由红色和黄色按钮、符合人体工程学的手柄与电脑屏幕组成。还有一个塞德温德（Sidewinder）扶手，所有的控制按键都可以通过该扶手操作。罗伯真正想给我看的是真皮座椅："那可是真舒服。"在我的弗格森那铁硬的座椅上，他做出极度痛苦的表情。

接着他像演戏一样搓着手，说："哦，该死的，约翰，这里冻死人，我还是回我的拖拉机吧。"

罗伯开着他的拖拉机离开了，290马力的发动机发出一阵嘲笑的吼声。我回到自己1500英镑的弗格森上，继续犁地。犁我自己的地。

下午两三点时下起了雨。一堵黑墙朝我袭来，嘶嘶作响的雨滴把我裹起来。我从拖拉机上下来，飑线[1]过境，我跑近树篱躲一下。我蹲伏在那里，看着犁沟被填满。真是难以忍受。如今田地里只剩下一只没有尾巴的公雉鸡，一个失败者，冒着生命危险把田地从孤独中拯救出来。他细致地搜索每一个土块，打着拍子一样啄食，赢取应得的收获。

五月山（May Hill）再次出现在视野中时，我跑到弗格森前，系上篷布，然后溜进车里，开回家去。

当晚在家里，我用谷歌搜索T8拖拉机的网上手册。向下滚动屏幕，我看到：

奢华农耕：T8奢华套装专为那些待在驾驶室里的时间比在外面多的人设计。所有T8型拖拉机均提供真皮方向盘、真皮座椅和厚绒毯。

犁地农耕用词：

Balk——两条犁沟之间的土阜

---

[1] 气象学术语，指一种狭窄强对流天气带，伴随风向突变、风力急增、气压猛升、气温骤降等强天气现象。

Capper——最近被大雨浇在耙过的土地上形成的硬壳

Casting——以逆时针方向犁开田地边缘

Cop——两排犁相对犁地形成的土阜

costrel——一种将啤酒或苹果酒带到地里的瓶子

Coulter——垂直切割地面的犁上金属刀或圆盘

Crown——犁地产生的主要土阜

Dallop——被犁忽视的谷物种植区（东英吉利）

Furrow——犁在地面上形成的狭沟或槽

Gathering——顺时针方向犁开田地边缘

Headland——供机器/马匹转动的田地边缘地带的一块土地

Land——一块田地的部分，通常宽度为12—20码

Mouldboard——犁的一部分，它将土地翻来覆去，在地上形成一个缝隙，即犁沟

Plough-pan——压实的土壤，重复耕种的结果

Reen——犁过的田地的垄间间隔

Share——推土板前面的楔形钢片，翻耕时在水平方向切土

Short work——没有犁到的一小块地

Sillion——新犁过的明亮的泥土切面

Strip lynchet——田地下坡处由于经常的犁耕而堆积出来的土堤

Ucking——在给定时间内要犁的土地数量

Veering——赫里福德郡方言,指犁转向之后面向的一片土地

Warp——两条犁沟之间的土壤(苏塞克斯郡)

第二天下午,我开车去弗林德斯。哼唱着拐弯时,我在车道上发现了一小群(五只)红腿鹧鸪踱着小步,有时来来回回,有时不经意地走到路边。一般来说,红腿鹧鸪更喜欢走路或快跑。我沿着车道把它们赶到200码外,最后它们在一道门下面跑开了。

这些红腿鹧鸪离弗林德斯只有三分之一英里远。

昨天飑线带来的湿气进入了引擎,弗格森不愿意启动,我摆弄起扳手、胶布和喷雾器。

弗格森停在路旁的树篱边。靠近车门的地方,当地的代表性物种——一只雄性苍头燕雀(chaffinch)认为这是他的地盘,在铰链柱旁发出特有的"雨点叫"。我觉得他似乎在嘲笑我。这没完没了的嘀咕是一种听觉折磨。当然,我意识到,

一只前缀为chaff（意为"谷壳"）的鸟比我更有权利待在一片未来的麦田里。

尽管如此，我还是对它的俗名，比如"饼雀"（pie-finch），嗤之以鼻。我只是说说。

接着我又想到，我们如此熟悉雄苍头燕雀，以至于对其英俊美丽视而不见。门柱上的雄苍头燕雀羽毛丰满，油漆公司"法罗＆鲍尔"会为了鸡冠上的石板蓝大打出手。

直到下午两点，我才开始犁地。鸟儿一直在天空的某个地方等着我，第一道犁沟才挖出来，它们就从什么地方冒了出来。这次海鸥出现了，二十只红嘴鸥比秃鼻鸦还更靠近犁，我身后一直有一条白线。红嘴鸥尖叫着排泄，一泡鸟粪砸在弗格森的前盖上，一股烂鱼味儿不断朝我脸上涌来。

我试图擦掉海鸥的排泄物，一只隼沿着弧线飞来，证明我用鸟台吸引鸟儿是多么成功。它的第一次悬停以鸟台为中心，就像一枚炸弹落在中间，鸟桌上的小鸟炸开来。而雄茶隼对它们毫无兴趣，它只在乎老鼠、鼩鼱和田鼠，而后者企盼的则是鸟台上落下的种子。

茶隼是习惯性很强的鸟，这只雄茶隼已经在把弗林德斯添加到它的日常生活中。

茶隼在高速公路边上十分常见，以至于人们忘记了它是一种既在农田生活，也在野外生活的鸟。

盘旋鹰（hoverhawk）、吸风鹰（windsuck）、风扇鹰（fanner hawk）、旋风鹰（windhover），都是当地人给茶隼取的名字，说明了这种鸟独特的捕猎风格。而盎格鲁－撒克逊语里的windfucker最能捕捉它的老大风范（windfucker也有"肆无忌惮的人"的意思）。伊丽莎白时期的剧作家、著名的《荷马史诗》译者乔治·查普曼（George Chapman）曾写道："有一只不可思议的茶隼，盘旋着飞上飞下，带着很大的野心费力地在空气中穿行。"而眼下这只茶隼一无是处，就像它对驯鹰人没用一样，个子太小而又难以驯服。

另一方面，kestrel（茶隼）来自古法语cresserelle，意为"发出咯咯的响声"，这个名字试图用语音表现叫声。鼠隼（mouse falcon）这一别名则源自古英语mushafoc，这种鸟的确猎食老鼠，短尾田鼠是其主要食物。田鼠的好年头也是茶隼的好年头。

田鼠是一种运气不太好的动物，不知不觉中用尿液标出了穿过草地的路径，尿液能反射紫外线，被鸟类探测到。

星期日下午的阳光给鸟背洒上红色，茶隼好像在与风颠鸾倒凤，凭着精干的翅膀掠开五码，像是被人用皮筋弹出去一样，还尝试弹得更远。茶隼又向前滑动，接着悬停在空中。

它的头如顽石一样一动不动。博物学家布赖恩·维塞·菲茨杰拉德（Brian Vesey Fitzgerald）提到过，一位测量员曾把经纬仪聚焦在振翅悬停的茶隼的头上，发现它在28秒内移动没有超过1厘米。

茶隼并不是完全悬停，只是飞得和向它吹来的风一样快。吹向翅膀的风给了它上升的动力。

风停了，茶隼急忙拍打翅膀来补偿，就像人类失去平衡时拍打空气一样。

终于，茶隼的勤勉得到了回报。它落下，扇动空气；再次落下，接着扇，悬在空中。然后从大约平房的高度飞到树篱附近的草丛中，捕获了猎物。

我已经犁完弗林德斯，小战告捷。

犁耕结束，笔直的犁沟彼此相邻，四英亩土地完全由线条组成。整片田和一只无尾雉鸡在午后的阳光下闪闪发光。这只雉鸡陪伴着我清理犁，而犁地时出现的其他鸟儿则一只接一只地飞回家去。

我也该回家了。

离开弗林德斯时，已是夜晚。四十多年来，我第一次看到星光比月光更亮更刺目。白天十分光滑圆润的犁沟现在呈几何"V"形。这块土地如同数学家的缩微大陆，满是形状精确的山丘和山谷,一半神秘的阴影,一半铮亮的光。

那天晚上在家里,我拿出了A. G. 斯特里特(A. G. Street)的《农民的荣耀》(*Farmer's Glory*)。A. G. 斯特里特和阿德里安·贝尔(Adrian Bell)、亨利·威廉森(Henry Williamson)、约翰·斯图尔特·科里斯(John Stewart Collis),都是20世纪三四十年代涌现的农民作家。

犁完弗林德斯后,我觉得我可以被犁人兄弟会重新接纳了。A. G. 斯特里特坚信犁地之乐,对此,他做了精准的描述:

> 诚然,我不是医生,但我真诚地建议,三个月的持续耕耘能够治愈任何一个神经衰弱的人,因为耕耘是一种强力的精神滋补品。农民掌控局面……就其本身而言,已经足够,也令人心满意足。你这个英国城里佬,嘲笑农夫霍奇拖着沉重的步子走在犁的后面,没有意识到其实是他在可怜你,因为你不会犁地,也从来不知道犁地之乐。

犁歌中的赞美诗《痛苦的犁耕》,已知的最早版本是一个题为《犁田者的花环》(*The Ploughman's Garland*)的8页小册子，1774年在达灵顿印刷出版。民俗学家塞西尔·夏普（Cecil Sharp）指出：当然，"痛苦"（painful）这个形容词最初的含义，正是承受疼痛，也是细心和勤勉：

> 来吧，你们这些快乐、勇敢而强壮的农夫，
> 在风雨和寒冷中劳动了整个冬天，
> 给你的田地穿上充足的衣服，蓄满你的谷仓，
> 痛苦地握着犁，心满意足地给田地和谷仓加冕。

诗中的农夫说道："我不鄙视任何职业，因为每个人都依靠自己的行当谋生。"然而园丁、所罗门、商人都需要食物，要依靠痛苦的犁田人为他们耕耘土地：

> 我希望没有人因为我唱这首歌而生气，
> 因为这并不是有意冒犯；
> 如果你的思考正确，你会发现我说的是真的，
> 所有我提到的行当都依靠犁耕。

我让犁过的田地晾了两天，让土地表面在三月的阳光下干燥破碎。

回到地里时，树篱中有些幻象。边上开出两朵报春花，花上方的树篱上停着一只淡黄色脑袋的黄鹀，唱着有节奏的歌。黄鹀的歌声有时被说成是 little-bread-and-no-cheese（面包少，没奶酪）。爱德华时代经典作品《常见英国鸟类》（*British Birds in Their Haunts*）的作者 C. A. 约翰牧师（The Reverend C. A. Johns）建议："如果将 little-bread-and-no-cheese 这句话以一个音符的速度快速唱出，最后落在 cheese，chee-ese 处降调，那么无论在内容上还是风格上，都将与那种鸟儿的歌声非常相似。"

在弗林德斯东南 15 英里处，格洛斯特郡的人认为这种鸟的歌声听起来更像是 Pretty-pretty-creature（美丽—美丽—动物），而苏格兰人则倾向于瘆人的 Deil-deil-deil-tak-ye（魔鬼—魔鬼—带你走）。黄鹀似乎惹恼了边境以北的加尔文主义者，他们认为，如此俗气的鸟一定是魔鬼的作品，靠魔鬼的血液为生：

> 五月的每一个早晨，
> 獾、蟾蜍和黄鹀都会喝一滴魔鬼的血。

黄鹀在苏格兰北部遭受了严重的迫害。

我低头看他。艳丽的黄鹀很自信，允许我离他几码远。随后，他拍动翅膀飞到树篱更低处。我们重复着这套动作，然后他飞走了，一去不返。

第二章　犁人约翰
John the Plowman

寒流袭来。布拉桑冷风[1]将我们困住，什么也干不了。一夜间气温骤降，弗林德斯被喷上了一层霜。公雉鸡爬向喂食器，潜伏在那里。消瘦的母雉鸡来了一两次，其实她们早就开始在林子里孵蛋了。乌鸫从黑刺李树飞向永远提供食物的鸟台，满是冰晶的枝条颤动着。从南面飞来的椋鸟不停跳动和滑行，掠过犁沟之波。

一只秃鹰从头顶飞过，翅膀发出尖厉的声音。

霜悄无声息渗入犁过土壤的细小空隙，而后爆开。晚上我躺在田里，耳朵贴近地面，能听到大自然正在破碎土壤，一个微孔接着另一个微孔，像是从更新世[2]传来的声音。

这是真正的农夫音乐。大自然她自己在耕耘着土壤，那苗床所需的肥沃土壤。

只有一个人在耙土块

缓慢无声地迈步

一匹老马踉跄着点头

---

1 Blackthorn Winter，气象学术语，英国乡村地区四月初会遇到的一段寒冷天气，这段时间也是黑刺李木（blackthorn）开花的时候。
2 亦称为洪积世、冰川世，是2,588,000年前到11,700年前的时期。

> 半睡半醒
>
> 成堆茅草之上并无火焰
>
> 只余薄烟
>
> 然而,这将继续下去
>
> 即便王朝更替
>
> 远处,一个姑娘和她的情郎
>
> 窃窃私语经过;
>
> 战争终将消失于暗夜
>
> 而他们的故事将流传不息。
>
> ——托马斯·哈代,《"国破"之时》
>
> (*In Time of "The Breaking of Nations"*)

只剩我一个人了,在一匹名叫威洛的谢特兰小马后面耙着土块。

我以前和马一起干过活。我们用威洛拉木头和轻型两轮车,那时他太小,不能耙地。现在,他拖着一排金属齿钉把土垡切碎抛入犁沟,地的面积有半英亩多。他为我来到这里。人跟在马和耙的后面行走,是所有时代的通行做法。

大部分时间我都通过长长的缰绳和他交流,但也会和他说话。有时我会忧郁地低声吹口哨,农夫以此来抚慰和刺激干农活的牲畜。

为了耙这半英亩地，我和威洛走了五英里。在马作为畜力的年代，除了国王和神职人员，没有人会发胖。一个人耕一英亩土地大概要走10英里。

马具发出叮当的高音，耙子碰到石头时也会发出叮当声。人和动物通过工作合为一体。寒冷午后的空气中，马喘着气，将蹄子从土壤中威严地抬起，秃鼻鸦轻声叫着，一切都那么英式，又那么久远。

我幸福地耙着地。布里斯托尔大学的科学家声称，土壤

本身可能会增强"幸福"这种精神状态。一种特殊的土壤细菌——母牛分枝杆菌，能激活一组血清素，帮助人类激活大脑中缝背核神经元。这也是抗抑郁药"百忧解"的工作原理。你可以通过在野外散步或进行园艺活动来获得有效剂量的母牛分枝杆菌。

或者在犁过的田地上散步。

但是，田里有风。哈代忘记了刺骨的寒风，我不得不像老人和乞丐一般弯下腰来。从高中上A级英语文学课开始，我就一直会不经意地思考：将哈代最受欢迎的诗变成现实会是什么样子？其他农民作家也有同样的苦恼。"二战"时期，约翰·斯图尔特·科里斯在土地上劳作，并在《蚯蚓原谅了犁》中详述自己的经历。科里斯发现"很难对哈代提出反对意见"（除了《苔丝》这部小说），他总结道，"半睡半醒"找不到"任何借口"：

> 从路上看去，许多农活看起来非常安静、平和、舒缓和轻松，但是如果你站在那个人身边，你可能会发现他正用尽所有力气，移动得相当快，根本说不上心态平和。在耙后面轻松漫步是不可能的，因为你一直走在土块上，跌跌撞撞，而且你也看不到你干过的活。

跌跌撞撞的人，走过犁过的田地要付出的辛苦，是未犁过的五倍。

在犁沟间行走，就像在波浪间行走。秃鼻鸦来到树林里休息时（对我来说，这相当于工厂的喇叭声，告诉我工作日结束了），我像是晕船了，半个小时内无法在平地上正常行走。

剩下的大部分耙地的活都是弗格森干的。

虽然花在老式科技的费用很低，但我自己的体能支出很高。下午晚些时候，我开车去奶牛场，凝望着野兔，也算一种休息享受。光线越来越暗，一只野兔从地里跑出来，在大约10码远的地方闪躲着，打量着我。这是合理的距离，毕竟，我可能是一个猎食者。

黑色的尖耳朵一动不动，只有鼻孔的抽动证明血液在她体内流动。对于一只处于被捕食地位的动物来说，野兔保持着令人信服的贵族风度。在艾莉森·尤特利[1]的小灰兔故事中，野兔冷漠而专制："灰兔，牛奶在哪里？"野兔问道，"没有

---

[1] Alison Uttley（1884—1976），英国女作家，以儿童系列作品《小灰兔》和《山姆猪》著称。

牛奶我们没法喝茶。"

伊迪丝坐在驾驶室里。看到野兔的傲慢,她在窗户边胡乱抓着,想出去追它。

哦,亲爱的伊迪丝,如今你韶华已逝,而且有点胖,想抓到一只时速40英里的长脚野兔,怕是毫无机会。但以你的热心劲儿,抓一只时速10英里的大概没问题。尽管如此,野兔还是察觉到了她的意图,跳回树篱间的洞口。野兔活动太有规律,也因此很容易捕捉,招致不幸。野兔总是通过相同的路线进出田地。

在开车回家的路上,我绕道来到契尔佩科(Kilpeck)的诺曼式教堂。

这是一个由正厅、高坛和后殿组成的紧凑的三单元建筑,坐落在一个卵形土丘上,在黑暗中降临。我把车停在乱蓬蓬的老紫杉旁边。在西边的最后一道阳光里,旁边的城堡废墟犬牙交错。

当我走进灰色的教堂墓地时,一只知更鸟像机关枪一样不停地敲击着。尼古拉·佩夫斯纳(Nikolaus Pevsner)编辑出版了《英格兰建筑:赫里福德郡卷》,1963年,他参观了契尔佩科教堂,宣称:"这是英格兰最完美的诺曼式教堂之一,虽然小,但有大量的装饰,而且保存得非常好。"

第二章 犁人约翰
John the Plowman

佩夫斯纳的赞美还是不够。这座教堂是由赫里福德郡罗马式雕塑风格的石匠建造的，充满了精致的装饰。教堂及其雕刻是用古老的（泥盆纪）红色砂岩建造的。东南几百码处露出地面的岩层，在近九个世纪的时间里暴露于边境地带的天气之中，如今，在我的手电光下依然清晰可见。

这座建筑最著名的特色是南门，雕刻华丽，包含了凯尔特、撒克逊甚至斯堪的纳维亚（维京）艺术，顶部有山形墙。但是我来这里是为了91块突出的石头，或称其"托臂"，它们在屋顶下的承托挑层上，环绕着整座教堂。其中一个托臂是全世界都知道的"希拉纳吉"（Sheela-na-gig）。一个裸体女人摆出性交姿势，双腿分开，长臂从双腿后面穿过，扒开自己巨大阴道的阴唇。

其他托臂造型包括：两个人打架、树叶环绕的脸部雕塑、一个扭曲的战士，还有大量的动物。一些是真实的，一些出自想象，都表明人类和自然界在十二世纪是多么紧密地融合在一起。其中有戴着口套的熊，还有鹿、公羊、狮子、猪、蜥蜴、鱼、猫、马、蛇、山羊。

我到外面绕着教堂走了一圈。整座教堂置身于安静的墓地间，小手电闪着光，我特意寻找了一个托臂。我刚刚读了奥利弗·拉克汉姆（Oliver Rackham）的《英国乡村历史》

(*The History of the British Countryside*)，他在书中说这里有个托臂雕着一只狗和一只兔子，是英国最早的兔子形象。

拉克汉姆肯定搞错了吧？手电光束中的那个东西可不是兔子（rabbit），托臂上那个长耳朵、长腿的动物，分明是野兔（hare）[1]。诺曼人崇拜野兔，把它作为四种森林动物之一，贵族认为这些动物值得"捕猎"（其他三种是野猪、鹿和狼）。此外，兔子在中世纪的英国基督教中没有含义，而野兔身上有无数象征，包括对上帝的恐惧。躺在野兔旁边的狗代表忠诚。在尘世的天堂，狼和小羊住在一起，狗将和野兔躺在一起。

走出去时，这一天断然离去。我停下来看布满青苔的家族坟墓。我母亲的祖先在这里生活了很久，他们干过从领主到劳工的各种行当，大多数时间都在务农。托马斯·格雷（Thomas Gray）写《写于乡村墓地的挽歌》（*Elegy Written in a Country Churchyard*）时，脑海中浮现出类似的坟墓。和格雷一样，我也在思考"怎么"和"多么"：

经常用镰刀收割，

---

[1] Rabbit和hare均属兔科，但在外形、习性等方面均有很大不同。Rabbit为"兔子"的俗称，但其中不包含野兔。

第二章 犁人约翰
John the Plowman

犁头将坚实的土地耕破；
驾着牲畜的耕地队伍，他们怎么这么开心！
有力的砍伐下，倒下的林木多么壮观！

墓地外的白蜡树中，白眉歌鸫在月光下咿呀叫，回到斯堪的纳维亚的长途飞行锻炼了他们的筋骨肌肉。他们飞走了，像是周五晚上在市中心狂欢的人，醉醺醺地左右滑动，直到抵达北极星闪耀的地方。我径直向南，走到契尔佩科小酒店喝一品脱啤酒，这是农夫的特权和消失的餐食传统。

最后半亩的耙地工作，荣耀归于威洛。

不过，我也和马一样，像普芬比利（Puffing-Billy）铁路上的蒸汽火车一样喘着气。破晓时分，阳光从山顶倾泻而下。我走在耙了后面，从犁沟里翻出土，霜冻的地面很粗糙，戳顶着长筒靴底。走在对称的犁沟上，我想到了为什么农业会带来文明。农业不仅关乎食物盈余和储藏，也关乎秩序。关乎计算、几何和管理。

第三章　耕地播种

如果你观察一粒小麦，
你会发现它像是被折叠了。
它交叉双臂，裹在斗篷里，
其中一个褶皱形成一个凹槽，
像是睡着了。

——理查德·杰弗里斯（Richard Jefferies），
《走在麦田里》，1887

在这里，人们会在温暖的傍晚犁耕和耙地。这时候，绿田变换成红色，大部分用于种植玉米，成为牛的口粮。天空呈猩红色，天地之间看不出连接处，无缝地焊在一起。

你能闻到空气中春天的味道，那绿色像蔬菜沙拉一般。冬天则是漂白剂的气味和雨后黏土淡淡的铁腥味。

一只知更鸟和一只乌鸫从西边跳进地里。树林里，银喉长尾山雀是凋敝的白蜡树上的风铃。当一只大无畏的雄雉鸡从车道上蹒跚着穿过大门，从我身边走过时，我琢磨着还有什么其他的鸟儿会到尚未长成的麦田里觅食。穿着官服的雄雉鸡看上去像一个特别挑剔的政府检查员。

他抓挠着我耙过的田地，肯定了我的工作，待了半个小时。

我以前讨厌雉鸡这种外来入侵物种。具体来说，他们是罗曼人带来的外族，算不上完全野生。然而，在这个没有鸟的时代，我欢迎他，因为他逃脱了猎枪和狐狸，来到弗林德斯，带给我精神上的慰藉。

你好，兄弟。

三天后，我发现我和鸟儿们的兄弟情谊紧张起来。

小麦是播撒的，其他一切都是"种下"的。

现在的小麦可以追溯到一万多年前中东野生的单粒小麦和二粒小麦。这些品种被驯化后用于农业，六千年前输入英国，自此，农耕取代了狩猎和采集。小麦宝贵如金子，是西方文明的饮食基础。

现在种植的小麦看起来与当时的品种相似，但其实是遴选出来的具有更高产量和更好抗病性的品种。在罗马时代，一公顷地可以产出3吨小麦，现在产出8吨很正常，尽管要达到这个产量通常需要施化肥、喷洒除草剂。

关于小麦，有些奇怪的术语，比如哈格伯格降落数值（Hagberg Falling Numbers，用于衡量发芽损伤）、倒伏（falling over）和PGR（plant growth regulato，植物生长调节剂）。硬质小麦（高蛋白、高淀粉）用来生产面包，软小麦（低蛋白、

第三章 耕地播种
Sow the Fields and Scatter

低淀粉）作为普通面粉使用，比如用来做饼干。低品质小麦则用作动物饲料的配料。

每一颗金黄色的麦粒都包含三个主要部分：麸皮、胚乳和胚芽。不同碾磨方式也能生产出各种类型的面粉。全麦面粉由整粒谷物磨成，褐色面粉去除了一些麸皮和胚芽，而白色面粉几乎完全由胚乳组成。

小麦可以在秋天或春天播种，同在八月收获。在英国，秋种占主导地位，因为温和的气候让小麦在冬天也能生长，并且比春种产量更高。英国气候一直非常适合生产小麦，早在罗马人到来的一千年前，农民就开始向欧洲出口多余的小麦。英国目前的小麦年生产量约1500万吨，25%左右用于出口。

英国的春小麦主要有七种。

然而我没有选择，联系的经销商都看不上我那小打小闹的订单，最终我不得不去找承包商罗伯·普赖尔。他让一个助手在手头现有的订单上加点量，他会用他的马特布拉牌农用装载机，把我的那一份运来，条播在田里。

我种的是帕拉贡（Paragon），用磨坊的话来说，它是"第一梯队"小麦，适合做面包。按照现代标准，这种小麦90厘米的麦茎算是比较长的。如今，麦秆的价值相对较小，大部分被联合收割机切碎散布。以前麦秆会被小心翼翼地保存起来，盖在屋顶上，或者当作动物的睡床或饲料。

我有一个秘密，没有告诉任何人——我打算收割小麦后保存麦秆，好作为饲料。

我重新考虑了一下，到底要不要让罗伯来播种。他的新荷兰拖拉机有城里半个房子那么大，会把泥土压实。现代耕作是一个极为恶性的循环：大型拖拉机碾压地面，意味着需要制造更大的拖拉机牵引犁，对付压实的土壤。周而复始，拖拉机便越来越大。但我一直在尝试轻压土壤。罗伯的高科技播种机能够准确无误地撒播种子，但也许会导致小麦密度过高，让野兔和田间的鸟类无法生活。我又给他打了电话，讨论各种可能性。罗伯提出了解决方案："如果你想恢复传统，那就按照传统老式的方法去干，直接用手播种。不会那么难，是吧？就像草坪撒草籽一样。"

他说得有点道理，不仅因为我刚刚用手播撒混合草籽，把弗林德斯连接围场的草地边扩展了三米。野兔喜欢草，喜欢风景，喜欢短跑跑道。

3月26日　通往弗林德斯的车道上，罗伯的红色马特布

第三章 耕地播种
Sow the Fields and Scatter

拉开了过来，前面的装载机里有个一吨重建筑商用大袋子，里面是我的小麦种子。

地的进口处，罗伯用机械芭蕾的花哨动作把袋子"啪嗒"抛在地上。走出驾驶室，他笑得比以往任何时候都更像个虐待狂："约翰，这是你的'无公害'种子。"

他准确无误地告诉我，我将面临一个问题，杂草会让小麦窒息，夺走营养。一直以来，每个人都对我这么说。

我自己的问题是，我想看看土壤里有什么，藏着什么，能让什么免于毁灭。我也想看到自己种下的野花生长。唯一的解决办法是控制小麦的播种量，可以把大部分（但不是所有）杂草和野花排挤掉。

鉴于手工播种的古训是"一粒给秃鼻鸦，一粒给乌鸦，一粒烂掉，一粒出苗"，我打算每平方码播500粒种子，意味着这块田总共要用三分之二吨种子。

"当麦秆被野草围困时，你打算怎么办？到时候野草会像鸡奸者一样咸湿……"罗伯一边说，一边朝发出低沉的咕咕声的马特布拉走回去。

罗伯不傻，他是第一个也是唯一一个猜到我牛津教授式精明的收获计划的人。我走在他身后，他好像突然"顿悟"了，停下来一动不动，两根食指伸向天空，穿着迪基斯靴子直打转，他把两根手指指向我，像两把手枪。

"我打中你了。"他嘴里念叨，接着又为这个玩笑表示歉意。我们一起站在春天的天空下讨论此事。

我比罗伯大10岁。我从山上下来，那里住着逃避城市生活的伦敦人，开着我那样的路虎车、穿着我那样的艾格尔牌衣服，还有我的标准英式发音。用罗伯的话来说，我是一个"来自远方的绅士农民"。

我解释我的计划："从经济角度说，最终算下来，我会获利。"他答道："你可能不会赔钱。"

我的计划？因为出生于20世纪60年代，我看到过割捆机收割小麦。我看过一捆捆的小麦，也看过一堆堆的小麦。

过去了，都过去了。但我见过。

小麦扎成捆的原因在于，如果晴天在地里堆上两周，绿色的麦秸会变干。进一步讲，由于麦秸没被联合收割机压扁和折断，便可以为牲畜提供更好更可口的食物了。

事实证明，手工播种是一门艺术。最后我选择了中世纪农民的方法（没错，又是中世纪农民）。《贝里公爵的豪华时

第三章 耕地播种
Sow the Fields and Scatter

祷书》(*Très Riches Heures of the Duc de Berry*)成书时间大约在1412至1416年间，像书中写的那样，我肩挎着布袋，从前面的袋子里拿种子出来。书中的插图上，播种的农民看上去像是精神错乱。我很快明白了原因。

均匀播撒种子非常困难。我走来走去，手中不停撒出金黄色的谷物，不是结块，就是太稀疏。此外，一布袋只能撒20或30平方码大小的地，我得经常走回那个一吨重的大袋子。两个小时后，我回到家里，在易趣网上寻找"撒种提琴"(seed fiddle)。

在易趣网上，买任何合法的东西都是可以的，包括古董撒种提琴。"即刻购买"，价格150英镑。

这件古董的原主人是伯德利普(Birdlip)的莎莉·普莱斯(Sally Pryce)，卖给了赫里福德郡的绅士，当天晚上交货。春天把自己打扮得漂漂亮亮，自鸣得意。上午11点，我再次开始播种，椋鸟在电线上吹着口哨，听了心平气和。

撒种提琴这名字取得好：木箱上有一把弓，像小提琴弓一样前后拉动时，它会转动盒了或储料器中的圆盘，种子落在圆盘上，一场均匀的小麦雨从提琴中转出来了。

在西赫里福德郡，撒种提琴算不上古董。直到1967年，加威山的农民还在使用。

哈，唯一棘手的事情是撒种提琴上的箱子很小，我还得老往大口袋那儿跑。我说过，那块地有4英亩，实际上是4.26英亩。泥土老是沾上靴子，每半小时我都要停下来刮我那两只变了形的靴子。

两天后，我完成播种，整个人累垮了。农活？真他娘的累。

我还没提到鸟呢。

在《贝里公爵的豪华时祷书》的插画中，喜鹊和乌鸦正在吃种子。奇怪的是，画家没有画上寒鸦、秃鼻鸦、麻雀和斑尾林鸽。他们以希区柯克电影《群鸟》中的阵容降落在弗林德斯。寒鸦几乎紧跟我的每一步，仿佛是我的影子。中世纪早期，拿着石头和弹弓的小男孩被授予惊鸟赶鸟的任务，但是当黑死病夺去了一半英国生命之后，土地的主人开始求助于科技。用三块木头做成拍板，一个孩子就能阻止整群鸟。另一项技术是用稻草填充一个袋子，在芜菁或葫芦上面刻成面孔，做成稻草人。我没有小男孩，也不想要反社会的气枪，因此只好选择稻草人。

稻草人不是英国中世纪农民发明的，仿制人形保护庄稼的传统和农耕一样古老。古希腊农民制作了普里阿普斯

（Priapus）[1]的木雕，他是酒神狄奥尼索斯（Dionysius）和阿佛洛狄忒（Aphrodite）的儿子，但几乎看不出长相。那巨大的勃起的生殖器更增其怪异，因此priapic这个词意思是"男性生殖器崇拜"。衡量物品在历史上的用途，有一个标准，即其俗称的数量。稻草人有以下这些俗称：

霍德多（Hodmedod）——伯克郡

穆尔梅特（Murmet）——德文郡

草人（Hay-man）——英格兰

死人（Deadman）——赫里福德郡

塔蒂·博加尔（Tattie Bogal）——斯凯岛

博达赫-罗凯斯（Bodach-rocais，文学用语，秃鼻鸦中的老人）——苏格兰

蒙梅特（Mommet）——萨默塞特郡/约克郡

马金（Mawkin）——萨塞克斯郡/北安普敦郡

马尔金（Malkin）——北安普敦郡

布巴赫（Bwbach）　威尔士

威兹古斯（Wayzgoose）——康沃尔郡

---

[1] 希腊神话中的生殖之神。罗马称作卢提努斯（Lutinus）。

我的稻草人是个篱笆桩，胳膊是一根横杆，穿着旧雨衣，脑袋是一个装满羊毛的枕头套（上面那处洗不掉的渍痕是其面部特征），戴了顶多年前祖母为孙辈织的带个毛球的毛线帽。稻草人令我害怕，但斑尾林鸽只把它当成休息场所。秃鼻鸦看着它，像是在观望商店橱窗，因为腿上乱糟糟的羽毛，秃鼻鸦自己的"服装"有点电视剧《华泽尔·古米治》（*Wurzel Gummidge*）中稻草人的风格。我应该提前意识到自己很可能白费工夫，平克·弗洛伊德乐队（Pink Floyd）不是在《稻草人》（The Scarecrow）中唱过嘛："黑绿两色的稻草人看守着大麦，一只鸟站在他的帽子上。"

无尾雉鸡回来了，还带了个朋友，一起东寻西找，看来看去。

我不光要给他们提供食物，还得供他们消遣。播完麦种，我还要播撒在Naturescape网购买的野花种子：

第三章 耕地播种
Sow the Fields and Scatter

200克金盏花（约12,000粒种子）

10克田春黄菊（约40,000粒种子）

10克矢车菊（约1000粒种子）

10克罂粟（约10,000粒种子）

如何自然播撒野花种子，才能让这片地看上去像古老的麦田呢？最后，我把种子混装在一个手提袋里，走进地里，一把一把地抛向空中，如一个慷慨解囊的诗人。罂粟的小黑种子像石头一样落地，矢车菊种子如同绅士用的微型剃须刷，风筝一般飞走了。其余的不重不轻。我四处游荡，像阳光一样快乐，向风中撒下种子。

但种子没买够，于是我又上网订购了田春黄菊和金盏花，外加两种带土幼苗各二十株。因为等不及，又开车去了罗斯的花卉商店，买回来十包昂温牌（Unwins）的罂粟和矢车菊。我在田地的四周播撒，以此制造边框，农业上称其为"边缘"。我承认这种播撒方式是不自然的，但我突然想到，对任何一个耕农来说，在不"污染"庄稼的情况下，这是一件很容易做到的事。

到周末为止，我大约播撒了20万颗种子。

似乎还是不够，我不记得自己看到过矢车菊或金盏花疯狂生长。

寒鸦在天空中翻筋斗，像是被磁铁吸动的铁屑。我撒完了最后一批麦仙翁种子，10克。《不列颠群岛花卉》(*The Flora of the British Isles*) 在1952年仍然称麦仙翁为"常见"花卉。现在如果发现野生的麦仙翁，会是个引起恐慌的新闻。

这种古老的杂草有轻微的毒性，当年跟随着铁器时代的农民，或是罗马军团的谷物来到这里。17世纪的草药医生杰拉德（Gerarde）写道："众所周知，它（麦仙翁）会对小麦造成伤害，改变面包的颜色和味道，不利于人体健康。"麦仙翁种子是田里最大的杂草种子（直径约3到5毫米），没比谷粒小很多，含有皂角毒苷和皂角贰元，磨碎在面粉中，3克会增加麻风病的易感性，足以让人轻微中毒，超过5克便会致命。（不过麦仙翁的种子既能毒杀，也能治愈，有驱虫作用，能杀死肠道寄生虫。）

中世纪庄园主会派小男孩去"抓流氓"，清除麦仙翁的种子。我不想毒害任何人，也不想毒害自己的牲畜。我只在四个角落上的小块土地上种了麦仙翁，用棍子做了标记，以便在长出种子前将它们连根拔起。

4月1日——居然是在这一天——撒完种子后，我轻轻耙了耙地，让泥土覆盖它们。

第三章 耕地播种
Sow the Fields and Scatter

  我的"保护性麦田"引起了一些当地人的兴趣，人们来到田地入口处看我干活。一个女人看到我使用播种提琴，问我是不是还有其他"古怪的农民"。一些本地农民因为野花种子可能会扩散而对我充满敌意，但就像我指出的那样，他们同样也在喷洒除草剂清除"杂草"。大多数人喜欢我的想法，并且把野花的消失归咎于超市，正如一个60多岁的农民所说："你得剥削每一寸土地才能赚到钱。"

  他说得没错。每说一次谎，一个精灵亡。[1] 每当一个人听信了廉价食物的谎言，一朵花或一只鸟就会死去。

  所有的参观者都同意一点：小麦中的野花会使作物丧失商业价值。主要原因是，两者种在一起，收获时野花的种子会混入谷粒。同时，麦秸捆中的绿色杂草会导致麦秸腐烂。"我有一个巧妙的计划。"我说。言语中更多的是虚张声势，而非坚信。

  我觉得这些参观者中有那位恩人。

---

[1] 原文为：Every time one tells a lie a fairy dies。

因为羊进入产羔期,我有近两星期没去弗林德斯了,所以我错过了小麦第一波出苗。绿色蹿出泥土。感觉有点像错过了孩子学走路迈出的第一步。

前去检查小麦的生长情况时,我发现有人在门的底部绑了塑料饲料袋来制造屏障。我走下车,开始以为是某种敌对行为,有人设置警戒线来阻止我的杂草扩散。我推开门,看到地上有一块石头,压着金斯特馅饼的包装袋,里面有一张纸条,用黑色圆珠笔写着:"野兔!"

进来后的不远处有轮胎痕迹,有辆车曾在那里倒车。更重要的是,我仔细观察了弗林德斯,发现青色的雾霭中有一大块静止不动的"土块",接着又看到一块——原来是有人费了很大劲给我送来的野兔。我在田地里走了一圈,看到我的恩人甚至用兔子网挡住了一个有洞的角落。

我觉得我认识这个送野兔来的神秘人。是一个农业承包商,他来这儿和我聊天,提到他用网捕野兔,说自己干农活时,希望能找个地方重新安置野兔,而不是当它们躲在草洞中一动不动的时候,农药和杀草剂一路喷洒过去。那次谈话后,我从未去问他是不是神秘人,他自己也从未提起。

第三章 耕地播种
Sow the Fields and Scatter

但是野兔会留下来吗？一只野兔能有10磅重，所以围栏更能有效地把野兔（hare）圈在里面，而不是防止兔子（rabbit）进入，但我也想吸引更多的野兔，所以田地必须至少是半开放的，以便于野兔进入。

此外，4.26英亩的地是否足以容纳这些野兔，给他们足够的庇护？我打开通往旁边围场的门，让他们也能在那边的五英亩地里跑动。

我很担心我的野兔觉得这里不够有意思而离开。

是的，我已经把他们当作我的野兔。

我轻轻将车开到地里，坐在驾驶室里等待，观察。野兔白天活动，晚上通常更活跃，因此长期以来一直被称作"伪装的女巫"。17世纪的女巫审判宣读了下面这段咒语：

> 我将带着野兔来
> 带着悲伤、痛苦，小心翼翼
> 我将带着魔鬼的名字前来
> 我还会回来

就像许多古老宗教里有许多神圣的动物一样，中世纪的基督徒把野兔变成了不祥之兆，声称巫婆会变成野兔吸干奶牛。水手们认为野兔非常不吉利，在海上不能提起。不光是水手，乡下人拒绝直呼其名，而是选择使用同义词，比如：

>兔类
>大老屁股，老巴沙特，
>兔崽子，活泼的家伙，
>老特平，飞快的旅行者，
>敲路面的，带白点的，
>沟间潜伏者，肮脏的野兽，
>老威蒙，懦夫，
>逃跑者，啃咬者，
>碰到后会不走运的东西，胆小鬼，
>快跑的家伙，露水中的家伙，
>青草啃咬者，老戈伯特，
>不直接回家的家伙，叛徒，
>没有朋友的家伙，林子里的猫，
>兔迷宫，拍打露水的家伙、在露水上跳跃的家伙，
>蹲坐不动的家伙，草丛中的跳跃者，
>吃卷心菜的牡鹿，牧草收割者，
>所有人鄙视的动物。

第三章　耕地播种

在暮色的魔力中,我的野兔坐直了,变多了,我数到五个影子。

是真的野兔,还是只是悠闲四散的光影?今晚的田地有点不一样,比平时更舒服,不是那么被剥削、被用以谋利。

田野的风光是不断变化的场景。当我思考本体论[1]哲学时,一只丁点儿的小鸟从地中央振翅而飞,仿佛瞄着星星而去。透过开着的车窗,传来阵阵叮当声,像硬币声。

我的心飞向那只鸟。一只云雀找到了我为它营造的,一个本来不会存在的家园。庄稼长出来了,怪不得云雀来了。

我有了野兔,还有了一只云雀。

初春是如火如荼的交配期,田地刚长出新绿的小麦叶片间,上演着最有趣的竞争场面。目之所及的地面由于云雀而充满生机。它们来回追逐,飞了一圈又一圈,兴奋地叫着。它们飞近地面,不停地降落,然后又飞起来。一束阳光和一阵和煦的南风引来了这些欢快而滑稽的动作。云雀的颜色和泥土的褐色很接近,即使在几步之外也很难分辨。有些云雀似乎总是留在草地上,但大

---

[1] 探究世界的本原或基质的哲学理论,指一切实在的最终本性。

多数经常光顾耕地，特别是山坡上的麦田，在那里，它们的数量与其他鸟类相当，甚至还要更多。

——杰弗里斯，《威尔特郡的乡野生灵》，1879年

我较晚才读到理查德·杰弗里斯（1848—1887），他是维多利亚时代的人。除了冒险作家亨利·赖德·哈格德、约翰·巴肯和柯南·道尔之外，维多利亚时代的作家曾对十几二十多岁的读者有过什么影响吗？

三十五岁之前，我一直不愿意读杰弗里斯。后来我在怀伊文学节上理查德·布斯书店的书架前翻阅，偶然发现了《威尔特郡的乡野生灵》。本以为他是个多愁善感的人，但我发现实际上并不是。

杰弗里斯是威尔特郡一个农民的儿子，他总是被归类为"自然作家"，这实际上非常背离他的观点。在他（相当淘气的）文章《自然与书籍》（*Nature and Books*, 1887）中，他通过提出一个问题来阐述为什么描写自然毫无意义："蒲公英是什么颜色的？蒲公英有许多种，我指的是那种五月开花的，那时草甸的草开始生长，野兔在日光下忙碌。"

蒲公英是黄色的吗？金色？橙色？三者都是？这取决于在一天中的什么时间，与其他事物有多近，因为蒲公英"像

海绵一样,从其身边之物吸收颜色"。杰弗里斯反对的实际上不是自然写作,而是超越经验的抽象和哲学。"书里没有任何东西",意思是说要观看和触摸真正的蒲公英。

作为一个农民的儿子,杰弗里斯很喜欢一个关于农业的典故:

> 瞧!赫拉克勒斯把冥府的看门狗刻耳柏洛斯牵回来的伟业,阿波罗多年碾磨谷物做的所有工作,与想要精通植物学的尝试相比,都只能算是小事。这两千年来,伟大的头脑一直在研究这个问题,然而我们仍然只是在啃咬树叶的边缘,就像乡下孩子在春天时吃小山楂。

杰弗里斯想了解"花的灵魂"。在走向自然的过程中,他寻求的是与自然的关系,他想要与大自然交融,而不是对自然运作进行解释。正如他在自传《我心中的故事》(*The Story of My Heart*)中所写的:"我想永远与太阳、海洋和土地在一起。这一切,还有夜晚的星星,是我的天然之伴。"

他变得越来越神秘,不愿与维多利亚时代对唯物主义持必胜信念的人打交道。他身体从来都不结实,长期受肺结核折磨，他生命的最后十年是在伦敦度过的，对一个威尔特郡乡下人来说，这是一个奇怪的临终之所在。

我认为他放弃了。除了对科学不感兴趣，"自然作家"的徽章在杰弗里斯的外套上显得不相称还有另一个原因。他把人，还有动物，看作英国乡村景观的组成部分。（事实上，他认为吉尔伯特·怀特在《塞尔伯恩博物志》中的唯一失误是没有把教区的人类包括进去。）杰弗里斯的主题是农村，人类和自然共享的空间。农业机械化正在消灭英国农民，减少农村人口。

杰弗里斯喜欢的那个乡村已经消失了。

关于云雀，我错了。它不会窝在刚出的麦苗里，我猜它的歌声没有传到足够远，以便让异性听到。

来到田里的动物是兔子。它觉得我的麦苗比麦格雷戈先生花园[1]里的所有东西都好。

---

[1]《彼得兔》故事中的人物。——译注

第三章 耕地播种
Sow the Fields and Scatter

刘易斯·卡罗尔在《爱丽丝漫游奇境》(1865)的茶话会中塑造了疯狂的"三月兔"的形象,既可笑又危险。爱丽丝觉得:"那三月兔一定最是有趣。不过现在是五月,它也许不会这么疯。"

我宁愿我的野兔会非常非常疯狂,一直疯到四月。于是第二天早上5点前我就赶到了弗林德斯,用六捆麦秸做了一个"V"形的藏身处,靠着树篱。早上5点54分,我躲了进去。

破晓后的一个小时是大自然的欢乐时间。几乎没有人类出现,连农民都还在喝马克杯里的茶,不愿离开温暖的厨房。此刻的世界仍然属于动物。

露水将夜色与一英寸高的小麦叶片黏合在一起,土地是一片黑色海洋。知更鸟在白蜡树中歌唱。太阳爬上树篱时,一只野兔动起来,就在我面前。她坐起来,扭着头,鼓鼓的眼睛在太阳的火焰下发出红光。

她用爪子扒拉着脸清洗自己。天很冷,她呼出一阵阵白汽。

兔姑娘还没有搞完卫生工作,地里冒出了另一只野兔,接着又是一只,其中一只雄兔一蹦一跳朝她跑过去,扑上身去。

她站直身子。两只野兔打了起来,后腿直立,像两个微缩小人。这是操场上的乱拳战，狗刨式的打击颇有效率，兔毛如棉花般阵阵飞起，像是慢镜头。那只雄兔对这样的早晨并不陌生，光线透过他耳朵上的裂口，这说明他曾在拳击赛中遭受过脚踢牙咬。

我十六岁的时候曾抱过一只野兔，体验了一场橄榄球联赛中所谓的肢体冲突。那是一只母兔，缠在泥泞的农场路边废弃的羊栏网上。她全然不顾我是她的救命恩人，用强壮的后腿踢我。我难以控制她的蛮力，她最终获得自由，两条长腿跳着跑掉了。我后来量了一下，她那一跳得有8英尺。几个星期后我身上还是青一块紫一块的。"那只兔子抱起来还是挺大个儿的。"我父亲机灵地评论道。

比青紫和疼痛持续时间更长的，是她棕色皮毛在我手上天鹅绒一般的感觉。

几个世纪以来，人们一直认为"拳击比赛"中的雄兔是在向他爱慕的雌兔炫耀自己。但这场比赛是在一个无感的雌性和一个热情的雄性之间进行的：一方是性染色体为XY的雄兔杰克，另一方是雌兔吉儿。这是一场两种性别之间的拳击赛。

她击退了他，飞速跑开，大长腿发出沙沙声。另一场站立搏击随即开始，但比上一场更快，持续时间只有一两秒钟，雄兔退下，加入了男性观众席。

第三章 耕地播种
Sow the Fields and Scatter

　　她又用爪子洗脸。在她散发的信息素的引诱下,另一只雄兔以"四月兔"的疯狂冲向她。

　　我的野兔中的一只不见了。随即我看到他在独自吃东西,不参与这场游戏了。

　　太阳升起来后,野兔不再站着,四肢伏在地面。小麦每天都在生长,但还不够高,不足以让野兔隐藏,因此他们爬向四周的草地,那里有他们刨出的浅洼地。因为野兔只吃素,所以，如果能在晚上尽情享用小麦和其他植物，他们就不需要在白天出来觅食了。白天野兔会吃掉自己排出的柔软粪便，这意味着其中的食物成分会被二次消化，以提供更多营养。粪便中还含有细菌，有助于分解胃中的其他食物。

阳光捉住小麦上的露珠，闪烁着载满希望的红色和蓝色，像是一朵朵小花。

四月的树篱：在弗林德斯的三道树篱中，路边的那道最古老。根据植物学家马克斯·胡珀博士（Dr Max Hooper）的著名法则（树篱的年代＝30码长的树篱中的木本植物种类数×110），它已有400年历史。最初种下的是黑刺李和山楂，后来野玫瑰和接骨木大批繁殖于此。

树篱的顶部被削平了，但没有修剪成应有的样子，像是一桩罪行（树篱应该是"A"形的）。平顶使得雨水和掠食动物能够轻易进入。尽管如此，树篱四英尺深的地方仍然是布满荆棘的避难所，是被蜿蜒的常春藤遮掩的藏身处。

树篱中的山楂树已经长出了叶子，苍白而娇嫩。促使雌性苍头燕雀行动的是视觉刺激？是一代代积累的智慧？还是

第三章 耕地播种
Sow the Fields and Scatter

某种无意识的内在生物钟呢？不管她是怎么做到的，她选择的时机很完美：她已经完成筑巢，正好被刚长出来的叶子覆盖，时间刚好。尽管穿得像个苦工，她仍然是一名艺术家。用山楂树杈做成的巢非常精致，像一个整齐的圆碗。碗由绿色的苔藓和灰黄的地衣做成，黏盖着羊毛和蜘蛛网，内衬毛发和羽毛。里面有五颗蛋。

任何一块地都不该是一座孤岛。但我仍然在树篱里铁丝网底部的缝隙间缠设带刺的铁丝，试图把狐狸和獾拦在外面。我会为野兔和刺猬做一些小门，让他们随意进出。这块土地将是一处避难所。当然，它是人造的。

没法说我们不想干涉自然。我们已经干涉了。

复活节晚上，给客户送鸡蛋回来的路上，我在地里停留了一会儿，看看我的野兔。我依然可笑地认为野兔是"我的"，尽管她们与其他大多数动物相比，更说不上被谁拥有。

没有月亮和星光，我必须把车从路上开下来，用车灯扫向土地。凯尔特人相信，野兔是春之女神厄俄斯最喜欢的动物，在复活节，她会变成野兔。在车灯的照射下，野兔不是女神，而是跳舞的小巫师。

为了观察活物，我有时会去"死亡之地"——赫里福德郡杜拉斯的圣迈克尔教堂墓地。如果你愿意的话，也可以称其为"上帝之郡的一英亩上帝之地"。我昨天就去了一趟。教堂墓地坐落在远离喧嚣人群的苍翠山谷，一切都很完美。两棵高大茂盛的欧洲赤杉是天然的大门，其树脂是一种天然香料。我带着崇敬的心情朝前走，路上有一只特别虔诚的雉鸡，穿着一身主教般的装束。如果他是想主持圣餐仪式的话，那他晚来了十年。教堂已经停止服务。圣迈克尔教堂现在只提供与自然的交流。教堂建于1865年，当时的建造者只是简单地圈进一些周围的地作为墓地。在不同形状石头砌成的墙内，保存着一处古老辉煌的传统英国干草草甸遗迹。

在这里观望，如同看到过去，回到农业"进步"之前的年代。野生水仙花已经谢去，但风信子和报春花、黄花九轮草、紫罗兰一起盛开。之后会有更多——二叶舌唇兰、药水苏、黑矢车菊、五指草、小佛甲草、牧地山蘿豆、茴芹、鸟巢兰、凌风草，还能看到喜欢这些野花野草并以其为生的兽类和虫子。我在那里看到了缓慢爬行的蚯蚓，也看到了六斑地榆蛾。

第三章 耕地播种
Sow the Fields and Scatter

路对面是杜拉斯庭,曾经是乐师们的退休住所,有一些乐师便埋葬在教堂墓地。鸟儿的歌声涌进圣迈克尔教堂墓地,没什么地方比这里更合适安葬乐师。昨晚我离开的时候,一只黑顶林莺用短促的啼啭送上晚祷。

教堂墓地间存在着一种救世者的希望,存在着一种信念,认为这"上帝的一英亩"或将免遭人们对自然环境的破坏。重度使用化工品的农业资本主义、政客营造铁路的面子工程,建筑商大兴土木,一起造成了这种破坏。

工业、住房和道路每年侵占四万英亩农田。但是,真的,只有上帝才知道我们失去了什么。

在四月的阵雨中,我站在弗林德斯看着柔嫩的麦苗。我不担心阵雨,因为雨水最直接的效果是让小麦和野花生长。如果现在没有水分,小麦的根就不能在夏天的艳阳来临前及时往下生长,同时长出麦茎。

我担心的是长长的黑蛞蝓攻击小麦,潮湿地面更利于其黏糊糊地爬行。

除了"蚯蚓之地",赫里福德郡还有另外一个名字"刺猬之地"。我可以搞一些吃蛞蝓的刺猬,但农药杀虫剂已经给他们敲了丧钟。以前是人为的捕杀,山上欧卡普村的教堂记录显示，1746年为四只"刺猬"支付了费用。过去教会看守人经常付钱请人杀死害虫害鸟，刺猬之所以被人当作"害虫"，据说是因为它们会吸吮奶牛的乳房。

我悲痛地反思：这钱花得很不是地方。

我的新朋友秃鼻鸦正在尽力控制害虫。地里有二十只秃鼻鸦，有时候会专门安排一只放哨，但今天没有。

也许我是他们的哨兵？也许他们接纳了我？我们现在已经习惯了彼此。

秃鼻鸦进食不出声，有条不紊、目标明确。在春天的阳光中，闪亮的羽毛随着身子的转动和弯曲反射着光线，一瞬间便被银色的光环包围。

路对面的农场传来钢铁撞击混凝土的巨大叮当声。秃鼻鸦抬起头来，朝我瞥了一眼，然后慢吞吞飞到远处的角落，重新开始进食。

我举着望远镜，能看到他们在吃什么。秃鼻鸦正在消灭蛞蝓、蛴螬和线虫，他们对农田利大于弊。

那天晚些时候，我开车经过弗林德斯，看到秃鼻鸦疲惫不堪地飞回来，看上去在吵闹着什么。林子淹没了他们，庇护着他们。

利顿谷（Vale of Leadon）的迪莫克（Dymock）地处格

第三章 耕地播种
Sow the Fields and Scatter

洛斯特郡和赫里福德郡的交界，昨天我去那里给人送鸡蛋。

我童年的一部分时间在离那里十英里的地方度过，我爷爷和奶奶曾在伍尔霍普山（Woolhope）的普勒拉农场里耕作，山影笼罩着农田。农场的水从来都不够，所以我母亲和她的姐妹们不得不去村里的公共水泵，用镀锌水桶装满水，用木棍扛在肩上挑回来，相当于加在牲畜身上的轭。那是20世纪30年代末真实发生的事，按照当时赫里福德郡的标准，那些去教会的女孩显然很时髦。她们取的是约瑟芬、马德琳、达芙妮那样动听的名字，十三岁穿着白裙子受坚信礼，有表兄弟是伦敦皇家艺术学院毕业的肖像画家。她们也看牙医，实际上去的是兽医鲍德温先生那里，而且得等他看完牲畜之后。

赫里福德郡是英国的被遗忘之郡，电力局也把它给忘了。1969年发生了以下事件：伍德斯托克音乐节开始举办，人类登陆月球，甲壳虫乐队举办他们最后一场音乐会。哦，还有西赫里福德郡加入了国家电网。

我扯远了。迪莫克会符合你对英国的想象的：起伏的草地，陡坡林地，蜿蜒的小溪，红色电话亭，幽深的小路，盖着茅草的黑白小木屋，地平线上某些不寻常的凸起。

其中一处凸起是五月山，形状非常像乳房，尤其是山顶的冷杉林，像乳头。这座山是南赫里福德郡的地标之一，纵使透过树篱的缝隙，透过山谷V型相交的下方，透过林地骑行的尽头，不停地窥视着你。当你看到五月山时，你会知道自己在哪里。这是我们的南极。

我爱五月山。直到20世纪80年代初，那里还是嬉皮士聚集地，那时我是个十来岁的少年。我和朋友们开着嗡嗡作响但马力不足的本田125和本田c45（给大男孩开的摩托车，相当不错）去那里。我认为摩托车一定是赫里福德郡的地方"传染病"。我们这些人，穷的住简易住宅，富的住乡间大房子，但没有一个人有汽车。仲夏最美好，60年代的一些嬉皮士会在山上搞规模很大的活动，伴着老歌 Crazy World of Arthur Brown Fire。

当时的我，要是知道我现在所知的东西就好了。五月山是爱德华·托马斯和罗伯特·弗罗斯特在"边走边聊"中走过的地方，当时他们是由拉舍莱斯·阿伯克龙比（Lascelles Abercrombie）创建的"迪莫克诗人"的圈中人。不同于维多利亚时代人喜欢的史诗，这些诗人的诗风简明，不事雕琢，除了对大自然怀着浪漫的热爱外，还专注于日常生活。这个共同点让他们聚在一起，他们是"乔治王时代人"，新王乔治五世时期的新风格诗人。美国人弗罗斯特是这个团体的核心，鲁伯特·布鲁克（Rupert Brooke）是遥远的卫星，托马

第三章　耕地播种
Sow the Fields and Scatter

斯是两人间的月亮。1914 至1915年间，弗罗斯特在迪莫克待了几周时间，他举世闻名的诗篇《未选择的路》是关于他和托马斯的散步与对话。就纯粹的存在主义而言，这首诗讲述的是被问道应该往哪个方向走时，托马斯的优柔寡断。弗罗斯特对托马斯的无能感到好笑，责备他："不管你走哪条路，你都会叹息，希望自己走的是另一条路。"

弗罗斯特当年住在小伊登斯（Little Iddens），因此昨天我把车停在附近，沿着小路步行在他当年走过的地方，这段路现在被称作"诗人之路"。我隔一阵子便来这里走走，以表达对托马斯的敬意，因为他为赫里福德郡和格洛斯特郡边境的风景献出了自己的生命。1917年，皇家守备炮兵部队中尉的爱德华·托马斯在阿拉斯[1]牺牲。

1914年8月4日战争爆发时，托马斯和弗罗斯特坐在小伊登斯附近的果园栅栏木架的台阶上。托马斯原计划去美国和弗罗斯特一起生活，但现在英国正处于战争状态。托马斯反对侵略，他拒绝仇恨德国人，却也不愿意对英国产生"炽热"的爱国之情，他曾宣称自己真正的同胞是鸟类。他那时36岁，可以免服兵役。

---

[1] Arras，法国北部市镇，"二战"期间的阿拉斯战役发生于此处。为阻止德军向北推进，英国向阿拉斯增援。

那他为什么志愿参军？他觉得自己热爱这片风景，那就要承担保卫它的责任。在迪莫克、马奇马克尔（Much Marcle）、五月山和弗罗斯特一同散步时，他看到了值得为之战斗的乡村：

四月，在开花的苹果树中，我听到的不是第一只布谷鸟，而是第一批整天叫个不停的布谷鸟。在这里，我听到夜莺的第一首歌，虽然离得太远，断断续续，还被夜晚的阵风吹散了。五月一日，我徘徊着，在这里找到了最早开出的五月之花，一簇一簇地点缀着树篱。没有下雨，但土地甜润。在这里，我度过了仲夏的圆满时光，天朗气清，热而无雨，处处是白色和粉色的野玫瑰，生长中的欧洲蕨，乌鸦和黑顶林莺唱着最后也是最美的歌曲。现在是八月，又有好几天没有下雨了。收成很好，小麦站在田里的太阳下，很长时间后，被收割起来堆成垛晒太阳，人和秃鼻鸦都很满意。一整天，麦田里的乌鸦不停发出低沉亲切的叫声，轮流献歌或是大合唱，听着几乎像是绵羊正满足地咩咩叫，一直持续到深夜。有阳光照耀总是很温暖，天空有时没有一丝云彩，有时展现白云推动山脉的盛况，有时几乎完全为暗云覆盖，带

第三章　耕地播种
Sow the Fields and Scatter

着硫磺的味道，似乎马上就有一场大雨，但又没有落下来……

然后有一天晚上，新月带来了变化。雨停了，空气开始潮湿，变得闷热，最后放晴了，但云仍然很多。西北的天空像是绑着粗糙之物，但是月亮，坚实橙黄的新月，悬挂在无云的地平线上。和许多人一样，我一下子想到同一轮新月下的法国默兹，那里的人看到了什么。那里的人，如果没有被烟雾和疼痛遮蔽双眼，会注意到这轮新月吗？随即我被另一个念头吞没，或者说比"念头"更为沉重。我可以告诉你的是，要么我从未爱过英国，要么我愚蠢地、像奴隶一样爱着它的美景。我从未意识到这一点。除非我愿意并准备为它赴死，而不是像比利时的妇女、老人和儿童离开他们的国家时那样离开它。我忽略了一些东西。我觉得我一定要去做一些事，我才能再次平静地观看英国的风景，观看房子周围的榆树和杨树，观看开着紫花的药水苏，那强直的草茎上有两对黑色叶子，像在树篱边和林边的草蕨丛中站岗。

1915年7月19日，托马斯前往伦敦杜克路17号报到，宣誓成为伦敦军团第28营（艺术家来复枪队）的4229号列兵。

人们可能会说，托马斯是去为国王和乡村而战。

托马斯志愿申请了两次才成功。意识到艺术家来复枪队的阅读地图能力不足，他申请参加军官培训。乡村再次成为动因。托马斯本人无疑是其诗作《当马队的笼头片》中的第一视角。农夫问了旁观者托马斯一个关键问题："你去了吗？"托马斯只能回答"没有"。当托马斯看着马队耕耘英国的土地，他的英国，这样的否定回答远远不够。

> 当马队的笼头片在拐弯处闪光
> 恋人们消失在林中
> 我坐在休耕地一角
> 倒伏散落的榆树枝干中，看着
> 犁慢慢收窄一块金色的
> 野芥子田。每一次马儿拐过来
> 不仅不踩我，耕田的人还斜倚在
> 把手上，跟我说上或问上一句话，
> 谈天气，接着谈战争。
> 他脸朝林子刮擦着犁头，
> 沿垄沟调节着直到笼头片
> 再次闪光。

第三章 耕地播种
Sow the Fields and Scatter

暴风雪刮倒了榆树,我坐在

树梢上,旁边有一个啄木鸟的圆洞,

耕田的人开口说话。"他们啥时候会把它拿走?"

"等到战争结束。"交谈就这样开始——

一分钟跟着十分钟的间隔,

另一个一分钟以及同样的间隔。

"你没出去?""没。""你,是不想吧?"

"但愿我还能回来,我要回来。"

我要保住一只胳膊。我也不想丢掉

一条腿。如果连头都没了,嗨,

就什么都不了了之了……这儿

"好多人走了吗?""是的。""好多人没了?""是的,不少。

今年只有两队人在这里耕田了。

我的一个帮手死了。到法兰西的第二天

就被杀死了。远在三月,

也是一个风雪夜。如果他还在这儿,

我们就能一起把树抬走了。"

"我也本不会坐在这儿。一切本来会有所不同。

本来会是另一个世界。"

"唉,一个好一点儿的。"

> 接着，恋人们走出林子：
> 马儿出发了，最后一次
> 我看着土块被碰碎，被翻转过来
> 在犁头和蹒跚马队所经之处。

1916年11月23日，托马斯被任命为皇家要塞炮兵的一名下级军官。次年1月，他"出去"了，来到法国。

很多人和托马斯一样，为这片土地而战。我的三个亲戚死于"一战"，其中两个是来自奥克皮恰德（Ocle Pychard）的农民的儿子。我总是觉得，他们是热爱爱德华时代赫里福德郡丰富的野生动物和花卉的。看着周围的乡村，我会看到祖先们的劳动成果。他们那个时代很美，爱德华七世时期的英国大约有75%是农田，是多个世纪农耕的结果。

我们的景观源自自然。借用桂冠诗人约翰·马塞菲尔德（John Masefield）的话来说，乡村是"过去的谈资"。

"二战"中，男男女女都认为英国的动植物是参战的充分理由。正如詹姆斯·费舍尔（James Fisher）在1940年《观鸟》序言中写道："当英国正为本国和许多其他国家的生命而战的时候，有些人可能会认为出版一本关于鸟类的书应该道歉。我没有作这样的道歉。鸟类是我们为之战斗的遗产的一部分。"

第三章　耕地播种
Sow the Fields and Scatter

如果昨天托马斯和我在一起，他会哭的。曾经，矮树丛中有赏心悦目的野生水仙花，闪着金光。然而1914年后，为了扩大土地面积，大量树篱被根除。过多的草闪着过量氮肥催出的嫩绿，一个从远处看着像银色水池的地方其实是白色塑料大棚。

但这依然是值得为之而战的乡村。

我用望远镜扫视弗林德斯几个小时后，得出了可怕的结论。我的野兔中的一只雄兔不见了。

4月20日　第一只燕子掠过弗林德斯。看到燕子是一件令人振奋的事情，他们一年完成两次往返非洲的危险旅程，永远生活在夏天。

路边树篱下的田地边缘很快覆了一层山楂树叶，蒲公英像是太阳洒下的点点黄金。

冬天似乎会让人失忆，对此我有些好奇——为何到了春天，人们会对已经看过一百遍的东西再次觉得新奇。一只大黄蜂在树篱底部寻找老鼠洞，准备在里面建立一个新王朝。蜂后是去年的蜂巢里唯一的幸存者，透明的翅膀仿佛折射光线的棱镜。雌苍头燕雀正在筑巢，看不太清楚。

林子里的树已经长出不少叶子，足以让我漫步。我一直想知道，人们能通过风吹树叶的声音听出来是什么树吗？一只雀鹰在林子边缘切砍，鸟喙像一把旋转的刀片。

干燥的鸡粪和路对面玉米田中昨天喷洒的化学品产生的味道十分浓烈，呛人喉咙。小麦有四英寸高了，在臭熏熏的风中颤抖。

也许在我和邻居之间，我需要一条阻挡这些化学品的阻隔带，而不是邻居来阻挡我的"杂草"。我耕地上的第一批野花盛开着，但不是我种的。一种是琉璃繁缕，另一种是波斯婆婆纳。两者一红一蓝，都是精致如宝石的地面蔓生植物，种子多年来一直安全埋藏在泥土中。波斯婆婆纳的种子埋在地下二十年后甚至还能发芽，其英文名字speedwell有"加快速度"的意思，在路边和耕地都很常见。在外多年的旅行者们把它的花样缝在外套内衬上当作小装饰，那些把走进田间当成一种隐喻的人也同样欣赏它。

我自己种的野花也从地里冒出来了，像是绿色的纽扣、胸针和几何形状的星星。

第三章 耕地播种
Sow the Fields and Scatter

地里还长出了酸模、蓟和荨麻，我准备拿锄头对付它们。茶隼飞过来巡视，在田里，他忙他的，我忙我的。正如民间传说所说的那样，茶隼掠过头顶时，确实和布谷鸟惊人地相似。人们曾认为茶隼和布谷鸟是同一种鸟，神秘消失的布谷鸟在冬天变成茶隼。

野兔发现了朝围场敞开的门，他们可以在十英亩的地里奔跑了。他们现在就在那儿，藏身在草洞中。

在一笼蔷薇的下方，我喝着保温杯里温热的茶休息。笼子上挂着一些羊毛，我本能地用手搓搓，就像人类最早做羊毛制品时那般。

一只野兔从洞里出来，慢慢伸展开来，接着从身体的后端开始，扭动着缩了回去。

伊迪丝出去溜达，找到了那只失踪的野兔。她四肢伏地，鼻子抽动，像是搜寻猎物的指南针，果然，沿着沟往下的地方有具野兔残骸，蛆从眼眶里爬出来。

傍晚还是很冷，但蝙蝠仍然从树林里出来了，飞得那么近，我能感觉到黑皮翅膀带着寒意的飒飒声。蝙蝠比人们想象的要顽强。只要有足够的空气，蝙蝠可以在冰箱里存活。

每次看到红腿鹧鸪，我都会有好运气。我开车离开弗林德斯时，一对红腿鹧鸪被车前灯照得一动不动。

第四章　金色之海

每天清晨，除草的人都会相遇，
砍掉长在小麦中的蓟，
在阳光明媚的时刻消灭
很多开花的野草，
深红色的虞美人
因其令人不爽的气味被叫作"头痛"，
野芥花黄得像太阳
厚厚地铺满五月的田野

约翰·克莱尔，《牧羊人的日历》
(*The Shepherd's Calendar*)，1827

麦苗上缠着蜘蛛网，闪闪发亮。

谷物喂食器里有两只红腿鹧鸪，其中一只打断了众鸟进食，用呼喊口号的方式向四周宣布他们的到来。有人说这叫声是"咕—恰克"，有人说是"司各—恰克"，容易被当成玩具蒸汽机加速时的声音。

现在是五月初，对一只红腿鹧鸪来说，此时占地盘已经晚了。我猜他和他的伴侣是被捕猎动物赶过来的，或是觉得另外一块用现代方式耕作的田不够有吸引力。清晨的阳光下，艳俗的鸟腿像祸水红颜的口红一般。红腿鹧鸪源自法国南部，查理二世将其作为狩猎野禽引入英国。

虽然数量不断下降,但红腿鹧鸪并没有像灰山鹑那样从生态的悬崖上一头栽下来。为什么灰山鹑数量减少得这么快?背后没有什么大不了的秘密。第二次世界大战期间,耕地面积从1939年的1200万英亩增加到1945年的1800万英亩。40年代末,市场上出现第一种广泛使用的除草剂——2,4-二氯苯氧乙酸,主要用于耕地,野生动物随即减少。耕地间的杂草消失,寄主杂草的昆虫也随之消失。灰山鹑的幼鸟只吃昆虫,而红腿鹧鸪幼鸟既吃昆虫也吃种子。

供打猎用的饲养红腿山鸡每年释放600万只左右,有些逃脱枪林弹雨,变成野生动物,比如眼前这两只。但它们是被喂养长大的,所以认出了分发慈善食品的谷物喂食器。据估计,英国的红腿山鸡数量在9万到25万对之间。

围场里的什么东西让两只红腿山鸡警觉起来,她们弓着背跑进田地边缘长着野花的安全地带。这里,田春黄菊盛放,上面有一条不常见的橙色毛毛虫。现在是自然观察的低潮期,我准备给幼虫拍一张微距照片,但毛毛虫被相机的伸缩镜头从田春黄菊上撞下来,消失在草丛中。

5月7日　闪闪发光的天空下,雨燕飞临。这群魔鬼的

第四章　金色之海
The Golden Sea

尖叫者掐准了到达时间，五月是昆虫的孵化季。雨燕对不断变化的大气十分敏感，能够感知几英里之外的高压区域。雨燕飞近高压区的前端时，上升的气流将昆虫抬升起来，很利于其捕食。

一只雄雉鸡出现在绿色麦苗的缝隙中，美丽而出人意料，随后消失了。林地里有两只雌雉鸡，正在孵蛋。

我本想在弗林德斯待久一点的，但其他地方的羊、牛和鸡占据了注意力，让我遗失了野兔的去向。我倚在门上四处张望。衣冠楚楚的苍头燕雀栖息在树篱上，几乎在触手可及的距离之内。一只为幼鸟准备的胖毛毛虫在他嘴里蠕动，但是我在他旁边时他不会去幼鸟那里。于是我走进地里。雀鹰在我上方横冲直撞，一只羽翼未丰的小鸟在他的右爪中挣扎。我想掺和一下。这有点可笑。

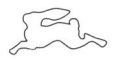

我在栅栏上开了两个小门，一只雌兔通过其中一扇门，从围场搬到了弗林德斯。

太阳落山时，我见她从新建的草洞里出来，坐直身体，环顾四周，啃噬小麦。野兔吃东西或移动的时候，喜欢放平身体和耳朵，小麦已经够高，能把野兔淹没。

另一只雌兔和两只雄兔坚决留在围场里，我把最后一只羊从围场里运走了。一方面想让野兔藏身，一方面却又让羊撞见他们。想让所有捕食者都满意，这没有意义。

弗林德斯的雌兔出现在离围栏大约一码处的狭长草地边缘。她并非独自在此安家，雄性红腿鹧鸪在田地中心附近刨了两个相距三十码的浅巢，随意衬垫些干草。雌性红腿鹧鸪通常会在两个窝下蛋，一个自己孵，另一个留给公鹧鸪。因此，每一对夫妇都有可能同时有两窝幼鸟。所有猎鸟的幼鸟存活率都不高，他们的开放式家园极易遭受老鼠、狐狸、黄鼠狼和猛禽的攻击。红腿鹧鸪用非同寻常的"双离合器"养育方式来弥补损失。

雌鸟已经在第一个巢中产卵，让雄鸟来孵化。他还没有马上进入角色。那些带着灰斑的浅黄色蛋暴露于世，在月光下发光。

伊迪丝已经在驾驶室里待了一个多小时，我带她沿着车道走了一段愉快的夜路。肥厚的树篱像子宫壁一样舒适，扁平的峨参花像白色的碟子，飘浮在温暖的空气中。蝙蝠飞过头顶，收获夜晚的昆虫。

第四章 金色之海
The Golden Sea

夏天的椋鸟，像电影《乌龙女校》中的乔治·科尔扮演的"闪动哈利"一样活泼好动。鸟毛闪着油亮的紫色和绿色，似乎是在炫耀财富，而不是品味。雄椋鸟在呼哧鸣叫和呼呼拍翅的间隙中，偶然会唱上动听的一小段，他吹着口哨，是最快乐的伦敦佬。

现在，大部分小麦已经长得很高，椋鸟难以在里面搜寻食物，但是在植物不是那么浓密的地方，它们是珍珠般的国王和王后。我的种子掉在那里，早起的蛞蝓和兔子也闯进来了。椋鸟结伴觅食，友好相处，但从不失傲气。他们在水池农场的屋顶瓦片下筑巢。水池农场是一座离公路半英里远的乔治亚风格农舍，以克莉丝蒂·欧斯普的房产专题电视节目的标准来说，这房子太破旧，但椋鸟喜欢它的"未经改造，便于恢复原貌"的特点。雄椋鸟坐在檐沟上唱歌震慑其他雄鸟。音乐片段有时会随风飘到弗林德斯，像一台播放流行音乐的广播，开开关关。

雨燕也在水池农场筑巢。他们镰刀状的翅膀为速度而生，不能提供足够的提升力，因此成年雨燕无法从地面起飞。只有在死去的时候，他们才会落到地面。他们必须在高处筑巢。

总有一天有人会把这座农场现代化，之后椋鸟和雨燕会去哪里？当我抬头看红砖农舍时，我寻思是否所有的规划和重建都应该附带一个条款，要求建筑物也为鸟类提供家园。

椋鸟和雨燕穿越天空，在田野和农舍间来来回回，密集而有规律，在白日里天空形成了一块烟雾标记。今天，云层迫使雨燕及其表兄弟麻雀降低了高度，此刻他们正在掠过小麦和野花。第一朵罂粟花开后，另外一百个花蕾也裂开了嘴，露出里面惊人的猩红色。罂粟花有一个迷人的细微特征：在开花前垂头，如同法国建筑师赫克托·吉马德设计的巴黎路灯。

矢车菊纤细卷曲的灰叶子也有些新艺术气息，曲线感十足，仿佛在逃离自己。花蕾很紧实，像镶着宝石的小卵。

我种下的野花间，夹杂着一些野生紫罗兰，纤弱粉红。我几乎是带着歉意窥视她们。

树林里，风信子在山毛榉的树干间跳舞，新生的秃鼻鸦从还没有长全的喙中，发出第一次结结巴巴的叫声：卡—卡。

在快乐农夫酒吧里，除非出现在菜单上，秃鼻鸦从来都不是受欢迎的话题。秃鼻鸦幼鸟长到足够大，能从巢里爬

第四章　金色之海
The Golden Sea

到旁边的树枝上时，会被人射杀食用，因此在菜单上被称为"小枝鸟""扇翅鸟"或"栖息鸟"（Branchers、flappers、perchers）。20世纪早期，"霍兰德与霍兰德"以及"威斯特利"等枪支公司曾经生产猎杀秃鼻鸦的特制步枪，成为猎鸟时尚。现在，四五月的时候，乡下有些地方还在射杀秃鼻鸦。

在东赫里福德郡的一片杂树林里，曾有过一次410号径猎枪下的射杀。如果秃鼻鸦在低处，那就是等死。如果在高高的树上，那么必须透过黑色的、闪烁的树叶，才能费力找到远处因距离而变小的黑色秃鼻鸦。风总是在树顶嗡嗡作响，这意味着鸟儿不会静止不动。

20世纪70年代的某个时候，我那把幼稚的410号径爆响，侥幸击中一只秃鼻鸦，他张开翅膀像失事飞机一样栽下来。讨厌，他卡在了树枝上。

我想爬上去，但是山毛榉树干太粗太光滑，像一根油腻的柱子。

这种事情不会在沉默中发生。脚下是去年秋天山毛榉落下的果壳的嘎吱声，成年秃鼻鸦尖叫着绕圈飞行，少年们大喊大叫（其实还只是孩子吧）。一个朋友借了我的伞兵型点22气步枪，不停向树上射击。巴普—巴普—巴普—巴普—巴普。巴普—巴普—巴普—巴普—巴普。

为了毫无目的的乐趣，我的双手造成了毫无意义的死亡。

我们带着射落的二十四只黑鸟离开，足够烤成童谣里的馅饼了。一只死鸟留在了那里，永远被困在威斯特海德（Westhide）的山毛榉树杈里，没派上一点儿用场。

我们手脚并用爬过篱笆时，我向自己许下诺言，永远不再浪费一只鸟的生命。我会为了吃而杀生，但杀死的每一只都会进锅。

那次坏小子约翰破坏事件之后，又发生了一起类似的，但也仅此一次。我和朋友杰米在怀伊河上钓杂鱼，一个穿着涉水服的飞钓者在我们之间不停走动，十分扫兴。他粗鲁地要求我们离开，尽管是我们先到的。

他晒得黝黑，留着乡下人小胡子，卷发烫过，在80年代相当于在头上插上一个牌子，上面写着"我效力于第22特别空勤团"[1]。特别空勤团基地设在赫里福德郡的布雷伯里驻防区。

由于学校军训和家庭原因，我们俩更像皇家海军。

---

[1] 世界闻名的英国老牌特种部队，创立于"二战"初期。

第四章　金色之海
The Golden Sea

杰米从钓鱼袋里拿出韦伯利气手枪，对我说："我打赌你打不中他的鱼饵。"

我打开后膛，推入软铅.22弹丸，打开保险栓。这把枪有点分量。

鱼饵出现了，旋转击打着水面，闪闪发光。

我扣动扳机。砰的一声，子弹击中诱饵。

杰米张大嘴巴难以置信。我，快枪手约翰。

特种兵先生没觉得这事很了不起，大声骂着脏话，杰米说他用词"粗俗"。这个小胡子男人从水里跑上岸，拿起钓鱼背包来捉我们。我们收起鱼线，拿了东西，死命地逃。一开始的一千码里，我们逃得十分轻松，因为我们身上穿的不是涉水服，而且脚蹬阿迪达斯运动鞋，跑得飞快。

结果，我们发现特种兵先生身体很好，追着我们来了个两英里越野跑。我们沿着小路跑到我家，脸色苍白，像鬼一样。

好在我们甩了他半英里。

我们躺在地毯上等着《蓝色彼得》开演，门铃声响个不停，出于本能，我感受到了危险，从客厅的窗户看出去。那个留着小胡子的男人，叉着双腿站在砾石地面上。

接下来，两个少年藏在了沙发前。

黑色秃鼻鸦正慢慢穿过弗林德斯，一路消灭着蛞蝓和长脚蝇蛆。往后到八月，他们会啄食小麦。他们曾因这项罪行在苏格兰被判处死刑。总的来说，我把他们算作农民的朋友。

骄阳当空，弗林德斯的第一朵金盏花开了，不过是迷你版的，中心圆形，周围完美摆放着花瓣。

这种花曾是英国农村的一个特色。什罗普郡的戈尔丁（Golding）和埃塞克斯郡的戈德汉（Goldhanger）中的gold都来自这种金黄色的花。人们会把金盏花摆在桌上当装饰。诗人马修·阿诺德在1883年写信给妹妹："穿过一片长满金盏花的麦田时，我想起了你。我会给你寄一朵，内莉采了一把放在客厅的花瓶里，颇添光彩。"

金盏花和英国农业一样古老，可能是由新石器时代的原始人带到这里的。然而耕地的农民从未从它阳光灿烂的模样中感受到暖意，因其肥厚的叶子妨碍收割。亨利二世曾颁布了一项针对"一种叫作Gold的植物"的法令，要求佃户将它连根拔起，这可能是最早要求清除杂草的立法。1523年，约翰·菲茨赫伯特（John Fitzherbert）在《农牧业之书》（*A Boke of Husbandry*）中把Gold列入了有害植物的黑名单。

第四章 金色之海
The Golden Sea

除草剂让亨利二世梦想成真。可是直到今天，我才第一次见到麦田里生长的金盏花。

雄性红腿鹧鸪从来没有坐在他的那窝蛋上。那些奶油色的蛋看着很诱人，留在那里一周多之后，不见了。

母鸡端坐在一大堆蛋上，有十三个。五月下旬的一个晚上，当她出去散步时，我看到了那些蛋。那是一个远方飘来接骨木花香的夜晚，田地两边的乌鸫在歌唱，一只刚停，另一只马上接着唱，旋律前后往复，轻松自如，永不停息。

从科学层面来讲，我们都知道"进化"这件事。但在宗教的层面，我们知道，自然界的一切固定不变。乌鸫的歌能唱得更美一些吗？

或者，还有比未满周岁的幼兔更漂亮的东西吗？

5月18日，交配后四十二天左右，弗林德斯的雌兔产下两只小兔。他们生下来身上就有毛，棕色眼睛大睁着，而且很会爬。

我遇见他们是个意外。鲁伯特脱开了栓带,上演了边境犬主很熟悉的一出戏:我去追他,叫他的名字——当然,这让他跑得更快了。

他看到弗林德斯雌兔的身影时才停下,开始咆哮。雌兔现身,像一枚水平的弹道导弹,狗兔一起跑进麦田,所过之处,一排排麦苗颤抖着。

两只幼兔刚刚降生,湿漉漉的一团,也许是因为羊水,或是被母亲舔的,有一种成年野兔所没有的脆弱。小野兔登上过《英国野生动物》杂志的宣传海报。

伊索寓言中有一个乌龟和兔子的故事。野兔是速度之王。除了"长狗"(long dog,一种杂交狗)、勒车犬和格雷伊猎犬,我从未见过比野兔跑得快的狗。鲁伯特回来了,尾巴夹在两腿之间,一副败将模样。

我们离开了。

幼兔出生后,母兔会把每一个都养大。博物学家布赖恩·维西-菲茨杰拉德(Brian Vesey Fitzgerald)坚信幼兔是在母兔的"嘴巴里"长大的,就像"母猫叼小猫那种方式"。

第四章　金色之海
The Golden Sea

有可能母兔只是在引导他们，毕竟小兔完全能够行走。

幼兔断奶前，母亲每晚都会一只接一只地安抚他们。母亲走近时，会朝孩子发出一声低叫，孩子的回叫会帮助她找到他们，给他们喂奶。在田地里照料幼兔很危险，她这么一只一只分开来喂的目的显而易见。她不在的时候，为了避免被捕猎者发现，幼兔会躲藏起来，不出动静。

雌兔一年可以产三四窝。弗林德斯的兔妈妈在分娩后两周内，和围场里的两只雄兔打起了拳击赛。

最终我也不知道围场里生下的第一窝结果如何，甚至不太确定是否有过那一窝。不过，她确实在七月生了一窝。

> 当我第一次在夏天的田地里，
>
> 看见金色的小麦
>
> 点缀大地，
>
> （这一天，那一幕，带来了快乐）
>
> 它比红宝石更能吸引我的目光，
>
> 比珍珠更无价，
>
> 通过人类的加工，
>
> 以最神奇的方式镶在珐琅器具间，
>
> 变得更加珍贵
>
> 而丰富，
>
> 为人尊崇；它从未如此这般属于我，
>
> 在我指尖闪闪发光。
>
> ——托马斯·特拉赫恩（Thomas Traherne），
> 《世界》（The World）

五月花已经凋零，树篱中的黑刺李已经长好，将在秋天成为鸫鸟的栖身地。

每隔几分钟，雄苍头燕雀就会从树篱中窜出来，用沉重的翅膀盘旋片刻，随后飞回藏身地。他在"飞钓"，在小麦和田春黄菊上方捕食昆虫。田春黄菊的花中心为黄色，外面

第四章　金色之海
The Golden Sea

一圈是白色的伞状花瓣，开在田地四周。手指掠过它的叶子，有薰衣草的味道。

一只乌鸫全速穿过弗林德斯，栖落在车道另一侧的树篱上。乌鸫不够狡诈，巢就在降落的地方附近——为了证明这一点，它直接钻进树篱，嘴上还叼着一只白色的蛴螬。

雨燕尖叫着飞下来。但麻雀今天飞得太高了，我听不到他们的叽叽喳喳。

在这赏心悦目的景色里，一阵白色的化学烟雾飘过车道，落了我一身，有股恶心的甜味。

我在向邻居抗议和回家洗澡之间进退两难，最后选择了后者。

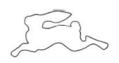

燃烧的六月。我来到弗林德斯。琉璃繁缕为了迎接夜晚的到来，正把美丽的花收起来，由此判断，现在一定是下午3点左右。

有些花每天会准时开放和收闭，你可以靠她们来确定时间。安德鲁·马维尔（Andrew Marvell）在1678年的《花园》一诗中描述了一种简单的"花钟"：

园丁是多么的心灵手巧

　　种下的花草如同崭新的日晷

　　温暖的阳光

　　穿行于芬芳的黄道

　　当日晷花钟工作时，勤劳的蜜蜂

　　和我们一样善于计算时间

　　这么甜美、有益身心的分分秒秒，如何估算？

　　用鲜花，用绿草

　　七十年后，瑞典植物学家和动物学家林奈（Linnaeus）用一天内不同时间准时开花的植物设计整座花园，后来有几个植物园采用了他的方法。

　　英国野花和正规花园里的植物一样可靠。六月的弗林德斯，琉璃繁缕（牧羊人之钟）早上8点打开花瓣，下午3点关闭；蒲公英早上5点打开，晚上8点关闭；苦苣菜早上5点打开，夜里12点关闭。

　　牧师约翰·尼尔（John Neil）在1879年出版的《自然王国里的伞状花序》（*Rays from the Realm of Nature*）中详细叙述了英国野花日晷，据称，榕叶毛茛（lesser celandine）早上9点开花，高毛茛（buttercup）则是早上6点。

第四章　金色之海
The Golden Sea

下面是他称其为"花卉日晷"（Floral Dial）的单子：

植物名	学名	开放时间（早上）	收闭时间（下午）
婆罗门参	Tragopodon pratensis	三点	中午十二点
菊苣	Cichorium intybus	四点	四点
稻槎菜	Lapsana communis	五点	十点
海绿	Anagallis arvensis	八点	一点
石竹	Dianthus	八点	两点
球根毛茛	Ranunculus bulbosus	六点	
白睡莲	Nymphaea alba	七点	
榕毛茛	Ranunculus ficaria	九点	
伞花虎眼万年青	Ornithogalum umbellatum	十一点	
糙毛狮齿菊	Leontodon hispidus	三点	
白玉草	Silene nutans		六点
月见草	Oenothera biennis	七点	

尼尔牧师是一位"自然主义牧师"。在英国，这种奇怪的现象始于塞尔伯恩的吉尔伯特·怀特（Reverend Gilbert）牧师。英国教会教区制度的最大优点是，一个热衷于自然研

究的牧师可以在他的整个工作生涯中，从微小而全面的细节上了解农村一小块地区的动植物。Parochial（教区）一词本为"高尚"之意，现在则有了表示"狭小"的贬义。

周日下午，刚吃完午饭，四周寂静美妙，六月的微风小心翼翼拂过小麦的绿发。

天上有白鸽，云朵比鸽子更白。两者之外，天空蓝得沁人心脾。

矢车菊开花了，那鲜活的蓝色就像枝叶顶上的天花板。长期以来，"矢车菊蓝"一直是艺术家的最爱，由矢车菊花的汁液和明矾混合制成。

在英国，矢车菊曾随处可见，尤其多见于沙状的微酸性土壤，但也因此带来了麻烦。18世纪诗人约翰·克莱尔是大自然里几乎一切草木鱼虫的朋友，他也曾写道，矢车菊"以其毁灭性的美丽给庄稼田添麻烦"。曾有农场工试图清除矢车菊，他们收起一束束生机勃勃的蓝花，送去伦敦花卉市场，以补贴自己微薄的工资。矢车菊的小花束可以插在领口扣眼上作装饰，年轻男孩会把这束小花送给喜欢的女孩，以此推算爱情成

第四章　金色之海
The Golden Sea

功的机会。因此，矢车菊在乡下又被叫作"单身汉的扣眼"。

如今，这种真正的本土植物只在全英国少数几个地方能找到，怀特岛可能是最佳地点。造成这一现象的原因，一是在矢车菊生长的耕地里使用除草剂，二是清理技术不断提高，来年用作播种的谷物种子会过筛。以前，矢车菊种子经常掺在谷物中，每年都会随着作物一起被无意播下，从而在当地蔓延开来。随着20世纪种子清理技术的改进，播种前，矢车菊的种子会被清理掉。人和作物之间的直接接触被阻断了，而这种接触对小蓝花的生存至关重要。

法国的麦田里还留有矢车菊。在法语中，矢车菊叫bleuet，是纪念战争的花，相当于英国的佛兰德尔红罂粟。矢车菊还是德国国花，原因很可爱——当年，拿破仑迫使普鲁士王后路易丝逃离柏林，路易丝把孩子藏在麦田里，用矢车菊编织成花环来逗他们开心，让他们保持安静。其中一个孩子后来成为德国皇帝威廉一世。为了纪念母亲的勇敢，威廉将矢车菊作为国家团结的象征。

6月4日　在这个迷人的夜晚，我把麦秸做的藏身处移到弗林德斯的另一边，雌兔把幼兔藏在那里，我看到他们在吃奶。

我原以为她会去一只一只喂，但幼兔们都蹦跳着跑出来迎接她，一起吮吸悬挂在母亲胸前的乳房。她心满意足地坐着，但十分警觉。雨燕发出尖厉的叫声。

6月5日　茶隼懒洋洋地坐在穿过弗林德斯的电话线上，弗林德斯像是让它减少悬停的空间站。

他在朝下方的小麦看，我知道他在看什么。一只成年红腿鹧鸪正发出疯狂的警报。茶隼升空，在离地面六英尺的地方盘旋，然后猛扑下去。他飞走了，用一只红腿鹧鸪的幼鸟喂养它的幼鸟。以鸟喂鸟。

红腿鹧鸪的幼鸟昨天孵出来了，也许是前天。这是我想要的风景：茶隼在绣满野花的田野上方捕猎，野兔在麦田里奔跑。我得到了我想要的。

但是失去一只红腿鹧鸪的幼鸟依然让人痛苦。大自然的"利爪"上满是鲜血。

还剩下八只幼鸟。后来我听到吱吱声，他们就在附近。

食蚜蝇悬挂在静止的空气中。

第四章 金色之海
The Golden Sea

6月10日 我不认为弗林德斯母兔的"咪咪"声是提醒幼兔哺乳时间到了。相反,晚上8点左右,她慢吞吞走过幼兔,然后坐在前面15码处。我觉得幼兔闻到了她,也看到了她。当孩子们吃奶时,她全身紧绷,眼睛张望着,耳朵聆听着,对危险十分警觉。她长而硬的兔须抓住微风,这是她身体唯一动弹的部分。

野兔能够异期复孕[1],在怀孕时让新的卵子受精,使得连续的两窝幼兔之间的时间尽可能缩短,大约只有38天。一只雄兔一直在弗林德斯的雌兔身边转悠,因此她可能已经怀上了新的一窝。

哺乳前后,幼兔玩耍着,朝空中跳跃,绕圈奔跑,冲向一只不幸的雌性红腿鹧鸪。

在开始大量喷洒化学品的60年代,野兔数量减少了一百万只甚至更多。英国大约还有七十万只野兔。嗯,现在是七十万零二只。与岛屿上许多其他动物一样,野兔正在逃命。

---

[1] 指孕体已怀有胎儿时,又开始另一周期的排卵,第二次排出的卵子又恰好受精成了胚胎。

近距离观看小麦生长，有一种审美满足感。先是一片绿色嫩叶，麦苗慢慢长出来，然后直直地生长，接着开始抽穗。随着时间的推移，每一根麦茎顶端都结了穗，杰弗里斯描绘的形象令人难忘："像权杖一样。"茎仍然是绿色的，但是穗子正在变黄。

今天是6月20日，小麦已经长到10英寸高的阶段。燕雀和椋鸟在麦田中寻找虫子（不同于长辈，小椋鸟是灰色的），红腿鹧鸪的六只幼鸟奔跑在藏身的麦田里，像人在森林里奔逃一般。一对灰斑鸠像白天的薄雾一样温柔，他们已经搬到林子里，正在弗林德斯进餐。他俩不断地互相呼唤，咕咕咕的三声，像是簧片折断的录音机放出来的。

我的农田有一个完整的生命世界。有两种田鼠、嗡嗡作响的苍蝇和无数蜜蜂。草地褐蝶在飞翔，巧克力色的雄蝶更为常见，试图赶走坐在角落里紫星蓟上那闪闪发光的雌蝶。不得不承认，被人鄙视的蓟属植物靠自己四处传播，没有植物比它们更有益于自然了。紫星蓟头状花序里的种子已经长出来了，将为秋雀提供食物。

有些野花能自己播种，蓟只是其中一种。如果你愿意

第四章 金色之海
The Golden Sea

的话，可以称它们为"杂草"。它们已经在弗林德斯播了种。到目前为止，我已经看到了下面这些杂草：琉璃繁缕、勿忘我、婆婆纳、蓟、碎米荠、野生三色堇、旋花、荠菜、山芥、欧洲千里光、酸模、泽漆、亨利藜、野生燕麦。

到处都是的欧洲千里光的头状花序里结出了种子，白色的毛像是老人的胡须，因此它的拉丁学名为Senecio，来自senex，意为"老人"。我弯腰在小麦中拔了几把带回家。欧洲千里光以前被用来喂猪和家禽，二者我都畜养。

这些植物的种子要么是在现代农业中幸存下来的，要么是被风吹来的，要么来自鸟类的粪便。据住在路边布鲁克小屋的退休农场工杰克·埃文斯说，弗林德斯是在2000年左右由永久性牧地翻耕而成。（"我不知道为什么，这样的黏土其实更适合畜牧。"）他带来一张1967年拍摄的黑白航拍照片。当时，一些富于企业家精神的飞行员飞越赫里福德郡农村，从上方抓拍房子，并把照片镶在相框里出售。（我们也有一张类似的自家房子的照片。）照片左下角是弗林德斯，拖拉机正在割干草。

埃文斯是弗林德斯的常客，很喜欢我的边境犬鲁伯特，管他叫"小狮子"。

我这片老式麦田，同时也是对未来农业的试验，有一个参照对象：隔壁化学兄弟的麦田。那里颜色一致，没有杂色，除了由于反复喷洒化学品已经产生抵抗力的峨参，没有蝴蝶飞舞，没有鸣禽歌唱，毫无动静，一片沉默。田地边缘那一丁点儿地方，本来可以为某些动植物提供栖息地，但已经被割至草坪那么低，为将来合并地块做准备。

一天，我看着一只雌雉鸡和她五只带条纹的小崽儿从林子里出来。她把他们带到化学兄弟的麦田边，但是小麦太密了，她进不去。

2007年乡村调查部门发现，仅在过去十年间，英国农田的物种数量就下降了8%。

化学兄弟麦田里的死寂代表着90%的现代谷物农田，可以与杰弗里斯描写的维多利亚时代农田进行比较：

> 行走时，让你的手轻触麦子，像在船的外侧掠过水一样掠过它，感受那金色的麦穗。麻雀不时在前面飞出。一些鸟儿喜欢硬一些的麦子，而另一些鸟儿则喜欢柔软且富含乳白色汁液的麦子。地里有野兔，还有许多尚不

第四章 金色之海
The Golden Sea

会飞的幼鹑。鸟儿像种子一样多，播种以后，他们就一直生活在小麦中。雀鸟比树篱上的浆果还多，朱雀和秃鼻鸦多如树上的叶子，斑尾林鸽收获的庄稼可以装满蒲式耳篮子。现在，随着麦子的成熟，这些鸟儿的数量将以军团的级别增加。收获季节到来时，谷仓的鸟巢里会飞出一批新生的麻雀，你可能会看到一片上百码长的棕色的云……那时还有罂粟花，她在七月的辉煌是西班牙任何一种红色都无法超越的。淡黄色的野芥菜，粉粉的琉璃繁缕属，粉红条纹的旋花，开大白花的旋花，深浅两种黄色的柳穿鱼草，蓝色的琉璃苣，宽花瓣的蓝色菊苣，高个儿的麦仙翁，蓝色的矢草菊，巨大的、灌木一般的锦葵，紫色的黑矢车菊——我就不一一列举了，但是还有更多大大小小的花，生长在耕地边，不管是春天里从笨头笨脑的土块上长出的款冬，还是白色的铁线莲。

杰弗里斯在维多利亚时代麦田间的散步，为我又提供了一个计划、一个向导，一幅弗林德斯该有的样子的地图。

中午，弗林德斯下雨了，我坐在驾驶室里。叽咋柳莺、乌鸫和我一起沉默不语。只有那些大张着嘴巴的苍头燕雀幼鸟吵吵闹闹，声音压过了雨声。

草地褐蝶和小榆蛱蝶一直在飞，但蝴蝶会在雨中死去。

麦田里有老鼠，在树篱中挖洞。大自然控制老鼠这种啮齿目动物数量的方法，符合环保的要求。肥胖的老鼠步履蹒跚，被从三亩林地来的雌狐狸扑杀。她抛下老鼠尾巴留作自己捕杀的证据，这根丢弃的附属器官看起来像条小蛇。

谷物需要雨水。一根麦茎有很多根须，据说，如果把这些根须一根一根接起来，能有四分之一英里长。一英亩小麦在播种和收获之间能吸取二百五十吨水。但小麦也会因水分过多而发霉。我的小麦有一些长在最潮湿最低的角落，受了霉变的影响，像是头顶的乌云。雌狐狸穿过树篱，在电线下偷偷走近麦田的潮湿角落，像老虎偷偷潜进林子。

狐狸是犬类动物中的偏执狂。我一直在加固篱笆，她一直在挖。

猫和老鼠，农夫和狐狸。我们正在玩一场没完没了的游戏。这是场永恒的对抗。

第四章　金色之海
The Golden Sea

在初生阶段，栽培小麦和野燕麦无法区分。随着庄稼开始成熟，我才看到入侵者。野燕麦的谷粒不是一簇簇向上，而是优雅地垂在水平生长的细茎上。野燕麦有一种可怕的异教徒般的美，妖冶的气质和活力都胜过小麦。在某一刻，野燕麦身上的剪影像是暮色中中国书法的精细笔画。

田野里大约有五十株野燕麦，我亲手拔掉了这些长在田地四周的"流氓"。野燕麦是对农民的诅咒。这种植物之所以能入侵成功，一个原因是它可以自己播种：它在小麦收获之前成熟，麦粒脱落。麦粒上有一个长长的吸湿芒[1]（短，深色，非同寻常，有些像动物的毛），随着湿度的变化而扭曲、伸直、移动。最终，麦粒慢慢潜入土壤的缝隙中。

这是科学解释。然而观察野燕麦实施自我播种策略的过程，却如黑魔法一般。我父亲给我演示了一个小花招：在羊毛套头衫的袖口上放一粒野燕麦。半小时之内，主芒和底部的小刚毛一起作用，让谷物"行走"，沿着袖子一直向上，几乎爬到了肘部。

---

[1] 一些植物的芒能随环境湿度的变化推动种子在地面"爬行"并钻入土壤缝隙，从而达到传播繁育的目的。

有人说农民应该搞多样化经营。多年来，我制订了详细的计划，准备把农舍改造成含早餐的住宿酒店，或者自助型旅馆。我甚至还计划搞蒙古包。潘妮对此一直无动于衷。

最后她松了口："你得有巴兹尔·弗蒂[1]那样多的待客手段。"

我答道："也许我还是去找份兼职的办公室工作？"

我曾在哪里读到过有演员在演出中止不住笑，但从未亲眼见过。潘妮笑得弯下腰来，双手捂着腹部。她笑得肚子痛。

她开始讲述是什么如此好笑，但说着说着又大笑起来，还笑出了眼泪。

她终于喘过气可以说话，解释了什么那么可笑。显然，我投身办公室政治的想法是整个娱乐史上最有趣的事件。我的耐心和魅力——正如平时展示的那样——大约可以维持三小时，相当于果蝇的寿命。

什么工作需要高柱修行者圣西缅那样的社会技能？他坐在一根柱子上三十多年，无人陪伴。

哦，我知道了，是种田。

---

[1] Basil Fawlty，英国经典喜剧《弗尔蒂旅馆》的主角。

第四章　金色之海
The Golden Sea

哦，我知道了，是写作。所以你现在才能读这本书。有时我会戴上一顶钢盔写军事史，这也是我六月来到伦敦，花一周时间研究帝国战争博物馆档案的原因。（也许笑到最后的是我？此刻我在首都，妻子是个伦敦长大的女郎，她很想到伦敦来，但却留在乡下养羊。）

我住在巴恩斯的"高级阁楼公寓"，当然是用中产阶级最时髦的Airbnb预订的。为什么是巴恩斯？因为每个人都告诉我那里"枝繁叶茂"，众人皆知，我喜欢绿色的空间。

到了第三天，我闷得快要发疯了。

亲爱的伦敦，你知道你是什么样子的吗？早上6点，飞往希思罗机场的喷气式飞机沿着一条准确无误的航线，经过我床上方采光窗的左下角。

白色喷气机。过了一分钟，又是白色喷气机。再过一分钟，还是白色喷气机。我躺在那里等待鸟儿飞过。一只也没有。中世纪，雨燕在伦敦建筑物周围喧闹，麻雀厚厚铺一地。所以，进步就是把天空变成沙漠吗？"我住在河边"一个星期（是的，我引用了冲撞乐队的那句歌词"我住在河边"），我想知道：从什么时候开始，人类享受那无聊假期的权利胜过了安静权和鸟类的飞行权？

第四天，博物馆关门后，我和其他打捞档案的人一同走到地铁兰贝斯北站。一个戴着金红绿三色头带的黑人哥儿们来到站台上,看到这群不合时宜的白人,他有点搞不清状况。他伸出双臂,喊道:"我想在这里看到些黑人!"

我能体会他的感受。在巴恩斯下车时,我也想大喊一声:"我想在这里看到些鸟!"

第五天。我坐火车去瑟比顿看望我的教父教母,爱德华和布鲁。我们喝着骨瓷杯里的姜茶,吃厚厚的水果蛋糕。在客厅里,我可以看到花园的景色,修剪整齐的草坪,四周还有美丽的花。这是都市花园的典范,约翰·贝杰曼[1]看到会赞许地微笑。除了这些,在两个小时左右的逗留时间里,我看到的鸟加起来只是一只斑尾林鸽。爱德华一定看透了我的心思,因为他突然用巴松管一般的低音说:"当然,现在鸟没了。全被猫消灭了。四十年前我们搬到这里时还有很多鸟。"

四十年间,英国的家猫和野猫数量翻了一倍。当然,邻近88号的花园也没能改善瑟比顿野生动物的处境,住在那里的贝杰曼肯定在四周看到了斯劳市的影子,痛心之下写出这样的诗句[2]:

---

[1] John Betjeman(1906—1984),英国桂冠诗人、记者、建筑艺术鉴赏家。
[2] 斯劳市在当时是现代郊区设计和统一规格住宅的代名词。这样工业化、整齐划一的城市让贝杰曼感到痛心,写下了这首题为《斯劳》的愤怒的诗。——译者

第四章　金色之海
The Golden Sea

> 来吧，我那亲切的炸弹，落在隔壁的阳台木板上吧！
> 真是丑陋碍眼的东西
> 没有草能让寒鸦低头搜寻
> 死亡，蜂拥而来吧！

第六天，我坐在怀特哈特酒吧的露台上，喝了一品脱富勒公司的伦敦之傲啤酒。有个女人我必须多看一眼，因为她带着一只迷你黑白宠物猪在河边的纤道上散步。小猪名叫沃尔特，每个路过的人都喂他薯片，沃尔特享受着散步加餐饮的服务。

沃尔特是我在伦敦那一周里最精彩的部分。尽管如此，正如人们一直说的那样，你可以把一个男孩从农场带走，但你不能把农场从他身上剥离。

回家的路上，城际125次列车穿越赏心悦目的牛津郡，我想到乔治·蒙比奥[1]"重回野性"的想法，可以用一句俚语来概述：和红鲱鱼一起"到他妈的海里去"。和猞猁、河狸、狼一起生活。经常有人鼓吹重新引入野生动物，可这与英国的风景有什么联系？上面说的都是魅力十足的物种，但只适

---

1 George Monbiot（1963— ），英国作家、记者、环保主义者。

合最偏远的角落。重寻野性，充其量只是在英国环境问题的边边角角搞点小动作，而糟糕的是，这完全偏离了环境问题的本质。英国农业生产用地总面积为1870万英亩，占总土地面积的71%，其中约1550万英亩是耕地，其余为各种类型的草地。在英国的农用地上，生态大屠杀一般的事情正发生着。

如果不相信我的话，可以看看以下数据。环境食品和乡村事务部出版了《1970年至2014年英国野生鸟类数量》，看看里面是怎么说的。其中，关于农田鸟类的数据为：

· 2014年，英国的农田鸟类指数不到1970年的一半（下降了54%），这是有记录以来的第二低。

· 长期以来，21%的农田鸟类有微弱的增长，21%没有变化，58%有微弱或明显的下降。

· 农田鸟类指数的下降大多数发生在70年代末至90年代初，主要原因为这一时期农田经营方式迅速变化。

· 消除数据干扰后的指标显示2008年至2013年间，该指数持续显著下降11%。

农田鸟类指数包括19种鸟类。英国农田鸟类的长期减少，主要原因是生活局限于或高度依赖农田生态环境的物种("专鸟")的减少。1970年至2014年间,农田专鸟的数量下降了69%,而农田普通鸟类的数量下降了9%。农业生产方式的变化,比如不再实行混合耕作、耕地从春播改为秋播以及增加使用农药杀虫剂,对云雀和灰山鹑等农田鸟类产生了不利影响,尽管也有像斑尾林鸽这样的鸟类从中受益。四种农田专鸟(灰山鹑、欧斑鸠、树麻雀和黍鹀)比1970年下降90%或更多。相比之下,两种农田专鸟(欧鸽和金翅雀)同期增长一倍以上,说明了不同物种面临的压力和对压力的反应是不同的。总体而言,长期来看,指标中75%的物种数量有所下降,17%有所增加,8%没有变化。

	长期变化（1970—2014）			短期变化（2008—2013）		
	长期变化 %	年变化 %	趋势	短期变化 %	年变化 %	趋势
黍鹀	-91	-5.34	大量减少	-12	-2.52	少量减少
金翅雀	146	2.11	少量减少	30	5.33	大量减少
灰山鹑	-92	-5.62	大量减少	-23	-5.17	大量减少
田凫	-66	-2.46	少量减少	-37	-8.73	大量减少
赤胸朱顶雀	-60	-2.1	少量减少	-6	-1.25	少量减少
云雀	-60	-2.13	少量减少	-14	-3.08	大量减少
椋鸟	-81	-3.78	大量减少	-19	-4.1	大量减少

欧鸽	102	1.65	少量减少	18	3.32	大量减少
树麻雀	-90	-5.21	大量减少	34	5.96	大量减少
欧斑鸠	-97	-7.67	大量减少	-68	-20.51	少量减少
白喉林莺	1	0.01	没有变化	17	3.16	大量减少
黄鹀	-55	-1.83	少量减少	0	4	没有变化

*资料来源：环境食品和乡村事务部：《1970年至2014年英国野生鸟类数量》：专鸟。

重要农民组织的"全国农民联合会"对此反应如何？其推特账号（@NFU）宣称："英国农民以许多不同的方式帮助农田鸟类。请转推和分享我们的推特话题#支持英国农业#（Back British Farming）。"

推文的标题是："农民如何帮助农田鸟类"。根据推文，农民在冬天把茬留在地里，以帮助昆虫喜欢的杂草生长。

听到了掌声没有？纳粹宣传部长戈培尔的鬼魂正在拍手，敬畏地欣赏这份操纵舆论的杰作。而事实上，大约只有3%的耕地留有冬季茬。

欧盟对英国农民的主要补贴，即"基本支付计划"（The Basic Payment Scheme）只要求农民遵守那些不得不遵守的环境保护立法。

我们再回到农田专鸟的名单上。长脚秧鸡是农田里最典

第四章　金色之海
The Golden Sea

型的鸟类之一，现在已经非常罕见，环境食品和乡村事务部都懒得将其列出来。鹌鹑也是如此。

回去的第一个晚上，我就去了弗林德斯，车道几乎被峨参堵住。车轮碾过，苦涩的青草味从敞开的窗户飘进来。

到弗林德斯门口时，我简直不敢相信自己的眼睛，抑制不住内心的狂喜。野花盛开，罂粟花、田春黄菊、矢车菊和金盏花在大片小麦的背景下脱颖而出，美丽动人。农田四周的"边界"像是金银装饰的古书，如同教堂的彩色玻璃窗。

花的王国满是苍蝇和蜜蜂的嗡嗡声、蟋蟀和蚱蜢搓衣板一般的摩擦声。（我还注意到蜜蜂歌声中那积极向上的调调，让人想起法国作曲家查尔斯·阿兹纳吾尔的《她》，这有些奇怪。）

小麦载着身穿闪亮盔甲的臭虫汤漾，乌鸦在树篱下蹦跳，成群的椋鸟如星际战机般飞出田野，雌雉鸡和她剩下的两只小鸡也已经搬进来了。穿过正在生长的大片翠绿小麦，我能听到一只鹑鸟的叫声。

田地是鲜活的。

我很担心野兔，以至于一直等到黄昏。这是夏日的漫长等待。我一打开手电筒就看到了他们——弗林德斯的母兔和她的两只小兔。小兔现在已经有成年兔子一半大小，没有了幼兔的娇小可爱，呈现出成年野兔的棱角和高傲。他们绕圈奔跑游戏，像是在庆祝夏天和生命。

小兔不再吃奶，确切地说已经独立于母亲。这个家庭团结在一起，数量多一些，总是安全些。

多雨的七月：我不需要这么多雨、这么多风。椋鸟抽打着离开地面，转移到遮蔽更好的地方。

查尔斯二世巧妙地将英国的夏天描述为"三日响晴一日雷雨"。沟里的水满了，成了化学兄弟麦田污染物做的毒汤。从弗林德斯开始，这条沟先后通向加隆（Garron）、怀伊河、塞文河、爱尔兰海，然后是大西洋，最终是世上所有的海洋。

除了报时，快乐的琉璃繁缕还是一名天气预报员，正如贫穷而疯狂的农民诗人约翰·克莱尔在他的《牧羊人月历》中指出的：

第四章　金色之海
The Golden Sea

  猩红色的花朵星星点点的
  琉璃繁缕惧怕夜晚和雷雨
  常被称作"牧羊人看天气的镜子"
  她沉睡着，直到太阳晒干青草
  她醒来，绽开蔓延的花朵
  直到乌云或恐怖的黑暗出现
  花朵关闭，再次沉睡

  从某种意义上说，克莱尔出席了在那座小教堂举行的我的婚礼。教堂坐落在黑山的兰托尼，如同海上波涛中的一条船。"初恋"是：

  在那一刻之前，我从未有过被击中的感觉
  爱是如此突然和甜蜜，
  她的脸像一朵甜美的花
  偷走了我的心。
  我的脸却死一般的苍白，
  双腿无法动弹，
  当她看过来，我还烦恼些什么呢？
  我的一切似乎都陷了进去……

我举行婚礼的时候,克莱尔已经去世150年,但他比以往任何时候都更加与现实相关。不仅仅因为他能描绘爱情,还因为他是第一位环保主义诗人。

在《斯沃迪洼哀歌》(*The Lament of Swordy Well*)和《荒野》(*The Mores*)等诗歌中,克莱尔是农场工的儿子,而非异想天开的中产阶级浪漫主义者。他记录了圈地运动的影响,在此之前所有人都可以使用的开阔荒地和沼泽地,被授予当地的地主。《圈地法案》颁布之前:

无拘无束的自由统治着四下蔓延的风景
没有标志所有权的栅栏匍匐在两块地之间
遮住凝望的眼睛
唯一的束缚是盘旋的天空
一块没有被灌木丛和树木切割成小块的巨大平地
延展着它广阔而黯淡的身影
迷失了自己,似乎超出了自我的疆界
在蓝色薄雾中,地平线的边缘包围着一切
这是我童年时代的甜美景色
自由如春云,野性如夏花
都褪色了——那种自由绽开的希望,

第四章　金色之海
The Golden Sea

> 曾经存在，但再也不会了
>
> 圈地到来，踩在劳工权利的坟墓之上
>
> 让穷人沦为奴隶
>
> 记忆中的骄傲在财富的欲望前低头
>
> 到今天，既是往日的阴影，又是眼前的现实……

砍伐古老的榆树，沼泽排水，河流改造成运河，田地分割得方方正正后严加管理。农业变得更加有利可图，但是贫穷的农民和劳工被排除在外，尤其是那些依靠公地生存的人，他们的生活被剥夺了。

然而，因圈地遭受苦难的不仅仅是人，还有大自然。密集使用土地伤害了生活在沼泽中的鹬鸟、照亮荒地的萤火虫、藏在庄稼中的长脚秧鸡：

> 没有名字的鸟、树和花
>
> 当无法无天的圈地法到来时，一切都在叹气……

克莱尔所爱的一切都被剥夺了。随着他心爱的土地遭受破坏，他自己的精神也在恶化。贫穷之余，他还时常抑郁，因圈地运动而沮丧。有七个孩子要养，他从童年生活的海普斯顿村被迫搬家，他崩溃了。只是搬到三英里外的诺斯伯勒，但已是那么遥远："让我离开树林、荒地和最喜欢的一些地方，有点难。这些就像认识我很久的老朋友，荒地上的鼹鼠丘、树篱中的老树似乎在向我告别。"克莱尔和他的风景是一体的，夺走一个，另一个也无法存在。（此后他的诗歌很多是关于鸟巢的。）

三十岁时，他被送进伦敦附近的一个收容所。四年后七月的一个早晨，他走出来，穿着破旧的鞋子回家。八十英里路，他睡在谷仓里，头朝北，因为那是早上启程的方向。一路上嚼烟草，睡茅草，好心的陌生人扔给他一便士，他得以喝上一口啤酒。几个月后，他成了"在家乡的无家可归者"。在生命的最后二十四年中，他被关在北安普敦精神病院。

我玩了一个网络"游戏"，好玩，同时也让人警醒：用谷歌搜索耕地里的任何花，比如琉璃繁缕或罂粟，结果会显示，这种花被归为"杂草"。你还会从一家农业化学公司得到如何消灭它的建议。毕竟，正如英国拜耳作物科学公司警告的那样：杂草是一种持续的威胁，它们会干扰作物生长，限制产量。拜耳公司的除草剂向杂草开展激烈的战斗，控制杂草带来的压力，

第四章　金色之海
The Golden Sea

并提供可靠的、长达一季的控制和杀灭的方案。这些除草剂利用多种模式进行运作，能够对付草甘膦耐受的草和阔叶杂草。

好的，拜耳的化学武器库里满是清除杂草的武器，其中有许多还打上了迷人的标签。除草剂的名字包括：艺术家、大西洋、收获、解放者、太平洋、赛船会，而我最喜欢的是奥赛罗："奥赛罗是我们推荐的产品，在一年生牧场野草和冬小麦中的阔叶杂草长出来后，能够进行出色的控制。这是我们在英国推出的第一种包含可分散油悬浮剂的除草剂。"哦，讽刺的是，奥赛罗除草剂会杀死莎剧《奥赛罗》中提到的植物。对莎士比亚来说，罂粟是带来"甜蜜睡眠"的植物。而在拜耳版的《奥赛罗》中，罂粟是收成的威胁。

亨利·埃拉科姆[1]于19世纪70年代出版的《莎士比亚作品中的植物和园艺知识》(*Plant-Lore & Garden-Craft of Shakespeare*)中有详细描述，指出莎士比亚是花卉爱好者，其戏剧展示了他对植物、植物用途以及植物迷信的广泛了解。

在一个悠闲的夜晚，我翻阅着《莎士比亚作品中的植物和园艺知识》，清点其中被奥赛罗除草剂杀死的花[2]：

---

[1] Henry Ellacombe（1822—1916），英国植物学家、园艺作家。
[2] 大部分译文均引自《莎士比亚全集》（中英对照，全40册），梁实秋译，中国广播电视出版社，2002年。

田春黄菊（chamomile）——《亨利四世》

福斯塔夫：虽然药菊花（chamomile）是越践踏越长得茂盛，但是青春却是越浪费越消磨得快。

麦仙翁（corncockle）——《科利奥兰纳》

科利奥兰纳和罗马参议员为向平民免费赠送谷物争论，将其比作滋养"麦仙翁"（cockle）那样的莠草。这是我们亲自锄的地、撒的种，科利奥兰纳声称这将在普通民众中激起"叛逆、无礼、骚乱"。

矢车菊/单身汉的扣眼（cornflower / bachelor's button）——《温莎的风流娘儿们》

店主：你觉得那位范顿先生怎么样？他能跳，他能舞，他有闪烁着青春的眼睛，他能写诗，他谈吐不俗，他像春花一般的芬芳；他会胜利的，他会胜利的；他有办法（'tis in his buttons）；他会胜利的！

毛茛/褴褛的罗宾（crow-flower / ragged robin）——《哈姆雷特》

她（奥菲莉亚）拿着些奇异的花圈，扎的是毛茛（crow-

第四章 金色之海
The Golden Sea

flowers）、荨麻、雏菊、延命菊和紫兰。

野樱草（cuckoo-buds / celandine）——《爱的徒劳》

杂色的雏菊，蓝色的紫罗兰，

酢浆草纯然的银白，

野樱草（cuckoo-buds）娇黄的一片，

把草原涂染得令人愉快。

草甸碎米荠（cuckoo-flower / lady's smock / Cardamine pratensis）——《李尔王》

考狄利娅：

唉，方才有人遇见他时，

疯狂得像海一般的汹涌，高声歌唱着；

戴着地烟草、莠草，

荆棘、毒芹、荨麻，杜鹃花（cuckoo-flower）、

毒麦，以及一切在粮谷中间生长出来的乱草编成的冠。

野生水仙（wild daffodils）——《冬天的故事》

潘狄塔：

在燕子尚未归来的时候

以美貌迷醉了三月的和风之水仙花（Daffodils）

雏菊（daisies）——《爱的徒劳》
杂色的雏菊（daisies），蓝色的紫罗兰，
酢浆草纯然的银白，
野樱草娇黄的一片，
把草原涂染得令人愉快。

麦仙翁（darnel / corncockle）——《李尔王》
毒麦，以及一切在粮谷中间生长出来的乱草

羊齿草（fern）——《亨利四世》上篇
盖兹希尔：我们的隐身术（the receipt of fern-seed），令人看不见我们走动。

掌柜：不，老实说，你令人看不见，多半是靠了昏夜，不是隐身术。

圆叶风铃草（harebell）——《辛白林》
阿维拉古斯：
你不会缺乏

第四章 金色之海
The Golden Sea

像你的脸一样苍白的樱草花

或是像你静脉一样蔚青的蓝铃花（harebell）

圣蓟（holy thistle）——《捕风捉影》

玛格丽：弄一点儿名叫卡杜·班耐底克特斯的药水，敷在你胸口上：这是对于头昏恶心唯一有效的药。

希萝：你这句话可刺着她的心了（There thou prickest her with a thistle）。

贝特丽丝：班耐底克特斯！为什么要说班耐底克特斯？你在这个班耐底克特斯一词里有点什么寓意！

玛格丽：寓意！不，我实话实说，没有任何隐藏的意思（I meant plain holy-thistle）。

结节草（Knotgrass）——《仲夏夜之梦》

你这矮子；你这渺小的东西，妨碍发育的萹蓄草（Knotgrass）做的；

你这小念珠，你这小橡果！

毛地黄（long purple / foxglove）——《哈姆雷特》

她（奥菲莉亚）拿着些奇异的花圈，扎的是毛茛荨麻，雏菊、延命菊和紫兰（long purple）。

相思花/三色堇（love-in-idleness/wild pansy）——《仲夏夜之梦》

但是我看见了丘比特的箭落在什么地方；

它落在西方一朵小花上，

原是乳一般的白，现在爱的创伤使它变成紫红

女郎们唤它作"三色堇"（love-in-idleness）。

芥菜（mustard）——《亨利四世》下篇

福斯塔夫：他那份机灵劲儿就像吐克斯伯来的芥末（mustard）一般的浓。

荨麻（nettles）——《李尔王》

考狄利娅：

唉，方才有人遇见他时，

疯狂得像海一般的汹涌，高声歌唱着；

戴着地烟草、莠草、

荆棘、毒芹、荨麻（nettles）、杜鹃花、

毒麦，以及一切在粮谷中间生长出来的乱草编成的冠。

第四章　金色之海
The Golden Sea

锥足草（pignut）——《暴风雨》

凯列班：

我请你，容我带你去生山查子的地方去；

我用我的长指甲给你挖落花生。

车前草（plantain）——《罗密欧与朱丽叶》

班伏柳：让你的眼睛守新病的感染。旧的肿毒自然就会消散。

罗密欧：你说的车前草叶子（plantain leaf）那一种病倒是极有效。

班伏柳：治那一种病？

罗密欧：治腿皮擦伤。

车前草也出现在《两贵亲》中：

帕拉蒙：这轻微的疼痛无须用药草（plantain）。

报春花（primrose）　　《哈姆雷特》

奥菲莉亚：

而自己却像一个放纵轻狂的荒唐少年，

踏上五光十色的蔷薇之路（the primrose path），

不顾他自己的言论。

报春花也出现在《麦克白》中：

门房：

我本想放进各行的几个人，

凡是踏着蔷薇之路（primrose way）投到永劫之火的人。

匍匐冰草（spear-grass / couch grass）——《亨利四世》

是的，并且用茅草（spear-grass）把鼻子戳破

紫罗兰（violets）——《哈姆雷特》

雷欧提斯：

那就安放她入土吧；

从她的美丽纯洁的肉体会生长出紫罗兰（violets）！

紫罗兰也出现在《泰尔亲王佩里克利斯》中：

趁夏天尚未消逝，

让黄花、蓝花、

紫罗兰（violets）、金盏草，

像一块绣花毯似的铺在你的坟上。

第四章 金色之海
The Golden Sea

以及《冬天的故事》中：

颜色沉暗

但是比鸠诺的眼睑

或维诺斯的呼吸还要香甜的紫罗兰（violets）。

只有我一个人这么觉得吗？莎士比亚的戏剧中没有了花草是不是会变得贫乏呢？

天还在下雨，我还在抱怨。正如托马斯·哈代在《卡斯特桥市长》中解释的那样，收割前雨水过多是一场灾难，麦穗会在收割前发芽。

但也要注意，如果天气太干燥，比如传说中1976年漫长炎热的夏天，麦粒也会如同留声机的唱针一样细硬。

正如乡村作家（农民的儿子）杰弗里斯在一个半世纪前指出的那样，你一定要知道，农民在本质上是抱怨不停的人。

我们都是快乐的水手，就像沃勒的犁一样！——不要信这鬼话，不要照字面意思去理解。随着天气的变化，农民四季大概是这样度过的：这里肯定会有糟糕的干燥天气，因为旱灾，我们有太多的活要干。苍蝇成群结队飞来飞去，小麦发黑穗病，异常虚弱。如果小麦收成好，价格也就低，只好用来喂猪。去年，小麦收成太少不值一谈，价格也就很高。在这潮湿的天气里尽情享受吧！奥斯家的人都在马厩里大吃大喝，小伙子们晃来晃去无所事事。能挣上一便士就不错了，但没有活干。夏天的干草堆从下面开始烂了……诸如此类，一千零一种抱怨，针对所有可能出现的情况。然而，不要太当真，因为在所有人中，农民最热爱自己靠着吃饭的劳作，热爱他行走的土地。除非遭受巨大痛苦，他是不会离开的。

有时去弗林德斯的时候，我简直要忍不住大笑。迪士尼魔法也无法制造出更生动多彩的场景吧。

田地四周花丛间起起落落的蜜蜂如同墨西哥湾的巨浪。蟾蜍隐秘移动，花丛下方也在颤抖。如果我站在离地较远的另一边，虫声鸟鸣便像是强烈的烟雾，抵消了车道上的交通噪音。

蟾蜍是从哪里来的？半英里内没有池塘或沟渠可以让它

第四章　金色之海
The Golden Sea

们繁殖。中世纪的农民相信某些花，比如田春黄菊，不是通过种子传播的，而是像岩石一样属于土地的一部分。也许蟾蜍也一样，一直在那里，潜伏在土壤中。

可怜的蟾蜍是美丽花朵中的野兽。花主要是红白蓝三色，和英国国旗相同，给风景增添了一种奇怪的爱国色彩。除草剂出现之前，英格兰的田野、牧地和耕地都随着夏天的颜色变得生动。现在呢？我环顾四周，弗林德斯像是奇异的孤岛，四周夏天的乡村和冬天一样单调。

过去五十年中，有十种野花从英国乡村"消失"，用"消失"这样的词心里还能舒服一点。

安息吧：窄叶鼠曲草、夏绥草、小刺欧芹、紫大戟、羊菊苣、断雀麦草、绒荨麻、爱尔兰虎耳草、臭鹰须草、约克千里光。

耕地植物是英国最受威胁的野生植物。石器时代以来，农民们熟悉的花卉已经濒临灭绝，几乎荡然无存。

在农田中消除"杂草"的方法开发出来，提供高效的"终极解决办法"。维多利亚时代提高了种子清理技术，导致耕地植物首次减少。20世纪40年代除草剂的研发在耕地上造成了大毁灭。一些不良举措，比如氮肥用量的增加和高竞争力农作物品种的发展，给许多耕地植物，比如菊科类，带来了很大的生存压力。此外，现代联合收割机在筛选清除杂草种子上几乎百分之百有效。（有人抱怨我的野花会"污染"庄稼，这是毫无根据的：联合收割机和种子清理意味着收获的任何作物都很容易处理，面包师和种子商人乐于接受这一点。）

一些耕地的野花在树篱下找到了避难所，但随后树篱被挖除，以便使用大型机械。1990年整个英国的树篱总长度只有1945年的一半。

政治也在其中扮演了角色。1947年的《农业法》和英国通过的农业政策补贴了生产，收购了多余的农产品，刺激了强化耕作。农业产业化、农用化学品、化学肥料不断增加，农业机械化日益增强，耕地上的动植物却在一天一天减少。

英国耕地生态圈中有（或者应该说过去有）150种典型植物：

第四章　金色之海
The Golden Sea

	英文名	拉丁语学名
灭绝物种		
小羊苣	Lamb's succory	Arnoseris minima
断雀麦	Interrupted brome	Bromus interruptus
柴胡属植物	Thorowax	Bupleurum rotundifolium
小刺高加利	Small bur-parsley	Caucalis platycarpos
淡黄鼬瓣花	Downy hemp-nettle	Galeopsis segetum
灭绝的耕地物种		
窄叶絮菊	Narrow-leaved cudweed	Filago gallica
毒麦	Darnel	Lolium temulentum
极危物种		
市藜	Upright goosefoot	Chenopodium urbicum
红鼬瓣花	Red hemp nettle	Galeopsis angustifolia
猪殃殃，原拉拉藤	Corn cleavers	Galium tricornutum
毛茛	Corn buttercup	Ranunculus arvensis
钗果芹	Shepherd's-needle	Scandix pecten-veneris
濒危物种		
夏侧金盏花	Pheasant's-eye	Adonis annua
地松	Ground-pine	Ajuga chamaepitys
田春黄菊	Corn chamomile	Anthemis arvensis

	英文名	拉丁语学名
鼠曲草	Red-tipped cudweed	Filago lutescens
宽叶絮菊	Broad-leaved cudweed	Filago lutescens
田紫草	Corn gromwell	Lithospermum arvense
千屈菜	Grass-poly	Lythrum hyssopifolium
线球草	Annual knawel	Scleranthus annuus
蝇子草	Small-flowered catchfly	Silene gallica
某种窃衣植物	Spreading hedge-parsley	Torilis arvensis
新缬草属植物	Narrow-fruited cornsalad	Valerianella dentata
新缬草属植物	Broad-fruited cornsalad	Valerianella rimosa
某种裂叶婆婆纳	Fingered speedwell	Veronica triphyllos
某种裂叶婆婆纳	Spring speedwell	Veronica verna
受威胁物种		
臭春黄菊	Stinking chamomile	Anthemis cotula
黑麦状雀麦	Rye brome	Bromus secalinus
墙生藜	Nettle-leaved goosefoot	Chenopodium murale

第四章 金色之海
The Golden Sea

	英文名	拉丁语学名
南茼蒿	Corn marigold	Chrysanthemum segetum
某种烟堇	Common ramping-fumitory	Fumaria muralis ssp. neglecta
小花烟堇	Fine-leaved fumitory	Fumaria parviflora
短梗烟堇	Few-flowered fumitory	Fumaria vaillantii
大开花的大麻荨麻	Large-flowered hemp-nettle	Galeopsis speciosa
天仙子	Henbane	Hyoscamus niger
光猫耳菊	Smooth cat's-ear	Hypochoeris glabra
屈曲花	Wild candytuft	Iberis amara
叶轴香豌豆	Yellow vetchling	Lathyrus aphaca
牛鼻草	Weasel's-snout	Misopates orontium
鼠尾毛茛	Mousetail	Myosurus minimus
猫薄荷	Cat-mint	Nepeta cataria
花椒罂粟	Prickly poppy	Papaver argemone
夜花蝇子草	Night-flowered catchfly	Silene noctiflora
大爪草	Corn spurrey	Spergula arvensis
全叶菥蓂	Perfoliate pennycress	Thlaspi perfoliatum
野豌豆	Slender tare	Vicia parviflora

	英文名	拉丁语学名
耕地稀见物种		
麦仙翁	Corncockle	Agrostemma githago
毛药葵	Hairy mallow	Althaea hirsuta
欧洲庭荠	Small Alison	Alyssum alyssoides
黄花茅	Annual vernal-grass	Anthoxanthum aristatum
矢车菊	Cornflower	Centaurea cyanus
车前叶蓝蓟	Purple bugloss	Echium plantagineum
某种烟堇属植物	Western fumitory	Fumaria occidentalis
某种烟堇属植物	Purple ramping-fumitory	Fumaria purpurea
某种烟堇属植物	Martin's ramping-fumitory	Fumaria reuteri
原拉拉藤	False cleavers	Galium spurium
康沃尔锦葵	Smaller tree-mallow	Lavatera cretica
山罗花	Field cow-wheat	Melampyrum arvense
鼻花	Greater yellow-rattle	Rhinanthus angustifolius
羽叶石蚕	Cut-leaved germander	Teucrium botrys

我们开车回家，有一只乌鸦在路边做奇怪的侧翻动作。

第四章 金色之海
The Golden Sea

我们停车，后面的车也停了下来。后面青铜色斯柯达晶锐的驾驶室里走出来一位女士，潘妮问她："你是为那只鸟停下来吗？"

我了解这类人。如果车上没有"原子能？不需要！"[1]这样的车贴，那应该贴一张。我挺喜欢那位女士的，她自我介绍，说她叫海伦。

我们一起走到扑腾疯狂的乌鸦跟前，海伦说："我喜欢鸟。"

我张开双臂把乌鸦引进树篱，让他无法移动，然后从后面抓住他。很明显，他被汽车撞了，翅膀脱臼，眼睛受伤。他还年轻，羽翼未丰，留在路边只会让他受更多的伤。

"可以带它去看兽医，"海伦建议，然后笑着补充，"付上一大笔钱。"

潘妮说："约翰很会治疗受伤的动物。"

于是我们把一只年轻的小嘴乌鸦带上车回了家。我把他放在腿上，他像一个即将去牧师那里受洗的婴儿。

让我欣慰的是，他的翅膀很容易推回原位，但擦伤比想象的要严重，让他歪向了一边。我把他放在狗笼子里进行保

---

[1] 原文为：Atomic Power? No Thanks！是世界性反核运动的标语。

护性羁押，如同在一家围着栅栏的医院里。喂食有点棘手，我得从他没有受伤的那一侧抱住他，撬开下颚把食物塞进去，每天喂六次。菜单由坚果、黄粉虫、种子和特意加进去的蓝莓组成。鸟嘴苍白的边缘说明他还年轻。鸟嘴的构造非常奇怪——这一点我曾经知道，但忘了：舌头铰接在中间，底部有一个洞，连接气管，湿嗒嗒的。

乌鸦有种微妙的美。虽然主色调是闪亮的黑色，但颈部和背部有钢铁般的蓝色光泽。乌鸦最喜欢吃蓝莓，和其身上的蓝色精确般配，我觉得很有意思。

一周后，我停止强制喂食，因为他学会了在我轻拍他时张开嘴。嘴张得很大，喂食像是把硬币扔进垃圾箱。

走近时，我喊他"克洛克洛"（乌鸦的英语是crow）。我考虑过叫他"括括"，更合拍，也更贴切，但我念出来，听上去像是希德·詹姆斯对芭芭拉·温德索说的"柯柯"。

克洛克洛给我的回答是电影《侏罗纪公园》中的尖叫声。

四周后迎来了他的解放日，我把克洛克洛（他已经以此为名）放在草坪上，如同莱特兄弟在小鹰镇试飞的飞机，他成功滑离地面一码，可以说是成功了一半。一个星期后，他在空中绕飞，越飞越高，越飞越好。

我们山区农田的乌鸦很少，于是我把他带到了弗林德斯，

第四章　金色之海
The Golden Sea

那里有很多乌鸦。我花了一天时间陪他,在车后座上干文书活(耕作工作有一半是填表)的时候,把食物藏起来让他去找。坚果埋在草里,蓝莓埋在地缝里,训练他在当地觅食。但让我感觉最好的是,他喜欢坐在木栅栏上,等着我给他送食物。他仍然那么兴奋,我走近时,他头往前伸,拍打翅膀。

看着其他乌鸦飞来飞去。

那天晚上,他在弗林德斯过夜,安全起见,仍然待在狗笼子里。第二天早上我让他出来了,喂他吃的,他高兴地飞走了。

接下来好几天,克洛克洛一看到我就滑降下来坐在篱笆上。我给他喂蓝莓,他让我摸摸他的下巴。

有一天,他消失了。我希望他加入了一群乌鸦[1],而不是成为捕猎动物的一顿饭。我一直不知道到底发生了什么,但

---

1 原文为:a murder of crows,murder在此处并非"谋杀"之意,而是作为量词,表示"一群"。此说与古代英国贵族喜欢给猎物"编造"量词的打猎传统有关,同样的用法还有a skulk of foxes、a gaggle of geese等。乌鸦之所以与murder相关,是因为当时人们认为乌鸦暗示着死亡与不幸,理应被"谋杀"。——译者

无论上述两者的哪一种，都和murder相关。我很清楚：我一生中最大的荣幸之一便是与克洛克洛结缘。

我多么希望克洛克洛能回来，在我喂他的时候咬我的手，吃麦田里的谷物。我觉得我看到的每只乌鸦都是克洛克洛。当然，从某种意义上说，每只都是。

诗人和挥笔的文人没怎么宣扬过乌鸦，与此相反，他们曾经诅咒过乌鸦：

> 我的栖息处，绞刑架的横梁嘎吱作响
> 凶手的骨头晃动着，一片惨白
> 叮当的锁链再次回响
> 和着夜风凄凉的尖叫
>
> ——伊丽莎·库克[1]，1870

刘易斯·卡罗尔称其为"可怕的乌鸦，黑得像个焦油桶"。

以前农民喜欢用12号口径的霰弹枪射杀乌鸦，然而，早在1909年，鸟类学家奥托·赫尔曼和J. A. 欧文就在《益鸟与害鸟》（*Birds Useful and Harmful*，我小时候家里有一本）一书中指出：

---

[1] Eliza Cook（1818—1889），英国作家、诗人。

第四章 金色之海
The Golden Sea

> 小嘴乌鸦跟着犁，吞食蛴螬和老鼠。它们吃大量昆虫，坐等着老鼠出洞……小嘴乌鸦去益鸟的巢穴偷盗和掠夺，破坏果实和庄稼，但是……不应过于仓促地消灭这些鸟，因为它们只在短时间内作恶。剩下的日子里，它们与许多害虫作战，为农夫效劳不少。

赫尔曼和欧文形容小嘴乌鸦"奸猾、狡诈、勇敢，但同时又很谨慎，特别聪明……它的嗅觉精细，能闻到一英里外雪和泥土下面的腐肉气味"。

这是当然，克洛克洛能在一英里外闻到蓝莓呢。

7月14日 弗林德斯热浪滚滚。年轻的椋鸟站在田地四周的草地上喘气，野兔把草吃得很低。蜘蛛在丰满的麦穗间纺纱，期待晴天带来的昆虫。

蚱蜢仍在齐声合唱，但在窒息的空气中，鸟儿停止了歌唱，连知更鸟也停了。伊索寓言中，饥饿的蚱蜢在冬天向蚂蚁讨饭，当被问及夏天为什么没有储存食物时，蚱蜢解释说："我没有那么多闲工夫，那些日子我在忙着唱歌。"

长满荨麻的沟床上，可以看到孔雀蝶和龟甲蝶的幼虫在吃过的树叶上吐出的细丝。普蓝眼灰蝶在矢车菊之间漂浮，树篱中，忍冬开得正欢。

四只红腿鹧鸪雏鸟已经步入少年时代，走在麦田边时，已经难和父母区分开来。那只小雄鸟的步伐明显带着遗传自父亲的骄傲。

一位开着黑色宝马7系的女士在门口停下来，问我和"啮齿动物"处得怎么样。我花了一秒钟意识到她说的是野兔。

我解释说，野兔不是啮齿类动物，在分类学上属于兔形目，与啮齿动物不同，上颚有四个门齿（不像啮齿目有两个），阴囊在阴茎的前面，并且只吃草。说完这些，我搞不清楚我俩谁更蠢。

夜晚像是用炉甘石护肤洗剂洗过般的清凉舒缓，风在麦子上方飘荡，满是夏天的花粉和微尘。

在弗林德斯观察野兔让我陷入对野兔的沉思：把野兔带回乡下不仅仅是"回归自然"。野兔是一种古老的、定义英国的动物。当薇塔·萨克维尔·韦斯特在《爱德华时代》一

第四章　金色之海
The Golden Sea

书中援引英国永恒的田园主义时,她列举了哪些自然之物?嗯,是"树木的青翠、野兔和鹿"。

哪里有野兔,哪里就有我们国家的风景。

七月下旬,小麦不是逐渐,而是一下子变成金色。两天前,我路过弗林德斯,麦子还是苍白的。现在,麦穗俘获了太阳的颜色,被太阳祝福。只有当风吹起麦穗泛起涟漪时,我才能看到麦穗底部的苍白和麦茎尚存的绿色。一个月后,小麦就可以收割了。站在门口观望,像是有人往弗林德斯填满了奶油。

微风轻拂着矗立的小麦。野花深处,一只大黄蜂爬到草茎的顶端,找了会儿方向,接着启程远航。

蜜蜂一直是英国风景的一部分。蜜蜂飞舞在罗马上流人士乡间别墅的麦田里,围绕在身刺靛蓝文身、正用镰刀收割的奴隶周围,当阿尔弗雷德大帝的勇士们在埃丁顿组成盾墙[1]

---

[1] 阿尔弗雷德(849—899),盎格鲁-撒克逊英格兰时期威塞克斯王国国王。公元878年,阿尔弗雷德率领军队,与古瑟伦带领的维京军队在爱丁顿交战,大获全胜。——译者

时，蜜蜂在沼泽花丛中盘旋；当诺曼贵族男女们在华丽的城堡花草丛中谈恋爱时，蜜蜂在那里；步入民主时期，20世纪30年代的一个达勒姆矿工的后院里，当他为菜豆支起架子时，蜜蜂也在那里。

除了槌球游戏中的木槌击球声、河上的桨声，以及皮姆酒吧里的酒杯叮当声，蜜蜂的嗡嗡声也是英格兰盛夏的声音。如果仔细聆听，你还能听出其他的声音：宇宙的嗡嗡声。英国人亲近蜜蜂的历史体现在语言上。乔叟在《乡绅的故事》(*The Squire's Tale*)中创造了一个短语：as bizzy as a bee（像蜜蜂一样忙碌）。之后，和蜜蜂有关的短语还有：hive of industry（工业的蜂巢，出自《美丽的新世界》）、honeymoon（蜜月）、drone on（唠叨个没完，drone 意为"嗡嗡声"）、queen bee（女首领，社交界女王）、bees' knees（出类拔萃的人或物）。正如伯纳德·德·曼德维尔（Bernard de Mandeville）在1714年出版的《蜜蜂的寓言》中提到的那样，英国政治哲学家们忍不住通过观察蜜蜂社会来寻找乌托邦的隐喻。如果说曼德维尔在蜂箱里看到了最初的自由放任经济学，那么其他人则瞥见了母系社会和共产主义，尽管蜜蜂首要的品质是勤劳。蜜蜂用翅膀展示了新教所要求的努力勤勉的工作精神。

蜜蜂为我们做着不引人注目的事，而我们毫不察觉。谁

第四章 金色之海
The Golden Sea

是报春者？是布谷鸟吗？乔治·奥威尔，这位热心的自然主义者，1946年在《国际先驱论坛报》上发表的《蟾蜍随想》中为蟾蜍报春提出了出色的论证。但实际并非如此。二月的一天——谢天谢地是个大晴天——一只大黄蜂后在篱笆里的地下密室中独自现身。

如果说春天是被大黄蜂诱惑来临的，夏天则是蜜蜂的天下。蜜蜂从这丛花平飞到那丛，将夏日的风景缝合在一起。当蜜蜂一头栽进一朵花时，花突然变得栩栩如生，仿佛被一根有画笔功能的魔杖触动。现在，这一切已经发生，大黄蜂进入了矢草菊扁平的紫色花眼中。花瓣的颜色并不均匀，花心处褪成了淡紫色。矢草菊是蝇子草、石竹、剪秋罗的亲戚，开美丽的紫花，长得比小麦高。

以后，我们喝茶还能加蜂蜜吗？

可能加不了多久了。

从1985年到2005年，英国人工蜂群的数量下降了53%。在整个不列颠群岛，野生蜜蜂近乎灭绝。头号原因是什么？农药杀虫剂。正如雷丁大学在一项关于英国蜜蜂减少的研究报告中所说的：

> 即使使用正确，农药也可能对蜜蜂产生不利影响，

降低其繁殖成功率和抗病性，并且减少了对其有价值的植物。报告建议，政府应承诺到2020年之前有针对性地减少农药的使用。与此同时，还应大力改进农药标签和认证规定，要求对所有蜂类，而不仅仅是对蜜蜂的影响进行详细评估。

农业生产需要依靠蜜蜂授粉。报告还指出，野花数量的减少可能加速蜜蜂减少，因为蜜蜂和野花是并存的。

当代英国农业如同中世纪焚烧罪恶物品一般疯狂。正如《生态学与进化》（*Ecology and Evolution*）和《应用生态学杂志》（*Journal of Applied Ecology*）上的研究所证实的那样，只要在果园附近开辟一小片野花地，促使蜜蜂采蜜，草莓、蓝莓之类的无核小果的产量和销售值就能提高54%。

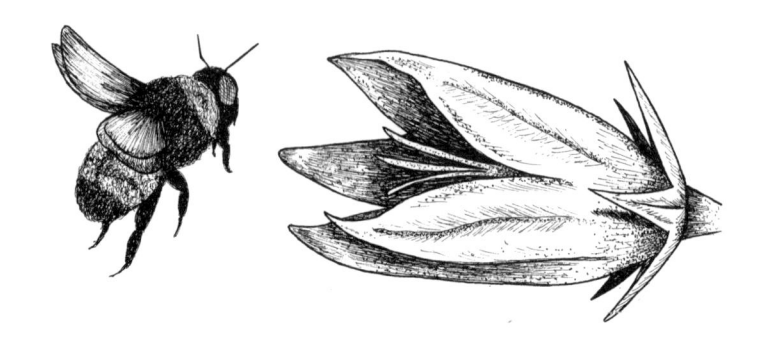

第四章　金色之海
The Golden Sea

英国的蜜蜂适应英国本土花卉。确实如此。麦田里，绿色小麦中红蓝紫黄各颜色花朵优雅地绽放着，田地四周有罂粟花、田春黄菊、金盏花和矢车菊，还有自播的靛蓝色三色堇和琉璃繁缕。在七月的热浪中，我能看到七齿黄斑蜂、蜜蜂、红尾蜂。有一只认不出来，于是我带来了DK版的昆虫指南和果酱罐子。我把它困在果酱罐下面，它因被囚禁折磨而嗡嗡叫，我因识别不出来而脑袋嗡嗡叫。最后，我确认这是一只青蜂。我放它出来，它向我发动攻击，这很公平。

记住：在过去的160年中，二十三种蜜蜂和采花蜜的胡蜂已经灭绝。

时间不会消逝，它会形成点滴记忆的沉积层。熟知是否会带来不屑？难道不应该带来更深的爱吗？我们在夜色之中，汽车川流不息，威尔士中部的城镇名（佩尼邦特，赖厄德，卡佩尔班戈，Penybont, Rhayader, Capel Bangor）在车灯之间闪烁，像导航浮标一样。其实我几乎不需要路标的指引，因为我在孩提时代和成年后有过很多次这样的旅行，已经数不清。那是我父亲那辆浅黄色路虎2000抛锚的地方，当时我们不得不去给散热器打水，在那个拐弯处，我看到一只松貂……我们在卡迪根湾往博斯（Borth）去了，赫里福德郡的人如果想到海边去，总会去那里。我们停在博斯的高处，打开窗户，让晨曦中不邀而来的银鸥和爱尔兰海的空气驱散车内的闷浊。随后。我们沿着镇上那条长得不可思议，窄得只能走一匹马的街道漫步，还做了个快乐的游戏：从我们上次来到今天，博斯有什么变化？什么也没有！它是被盐水笼罩的小镇。在不为万事困扰的慵懒白浪中，憨鲣鸟扎进如水银一般的海水。经过渔民的房舍和神秘的科尔斯福奇诺（Cors Fochno）沼泽，我们来到伊涅斯拉沙丘，车像鲱鱼鱼骨一样停在河口的硬沙上。远处的达维河（Dyfi）从一大片沙地上涓涓流过。旁边的路虎车挡风玻璃上，有个关于荷马路上伊万斯农场用品的贴条，我们家也是从那儿买农场用品的。另一边的车主是来自巴克顿（Bacton）的水管工。赫里福德郡的一半人可能都在这里。长满滨草的沙丘如此高大，我们就像穿过深谷逃到一个私密的世界，海雾让任何距离超过20米的东西都看不清，也将我们的日常工作烦扰切断……

我看到9岁的自己，（穿着一件高领套衫，那是羊毛衫流行前的20世纪70年代），在笔直的海岸线上收集光滑的浮木，发现一枚彩色装饰风格的胸针。但它不是人造的珍宝——

第四章 金色之海
The Golden Sea

我清理掉暴风雨带来的树枝和沙砾，找到一个鸟嘴，接着是海鹦的尸体。它那无辜的白色胸脯上没有记号。我终于看到了一只海鹦，但它已经死了。（是的，现在回想起来，那是我成为环保主义者的一刻。）记忆一直停留在视网膜上。另外，要想更好地欣赏生活的甜蜜，你需要眼泪里那种强烈的盐味……

现在我三十九岁了。我们从沙丘的顶端跳到被风吹出来的沙坑里。特里斯和我化身成表演飞行的动作演员，弗蕾达像仙女一样滑翔着。和我们做伴的是乌蛎鹬，他们在前面满是碎贝壳的浅滩上厉声尖叫，就是我找到死海鹦的地方。弗蕾达咯咯笑，因为她的小杰克罗素犬老是拉屎，她不得不用礼品店买来的锹子来消除证据，这锹子实在是不够长。一阵狂风疾吹，只在金色的沙地上留下灰色的弹孔，我们走过，躲开那一个个的小孔。潘妮穿着复古高领毛衣，在沙丘下面，显得心满意足，因为她找到了一个没有风的地方，可以用普里莫斯便携炉的蓝色火焰烧一杯茶。啊，可是时间不多了，我们必须赶回住处看大潮。但是在走回车子之前，我们还要完成一个仪式。

多年前，我兴奋地坐在父亲的腿上，在潮湿结实的河口沙地上模拟开车。两年前，特里斯坐在我的腿上开车。去年，弗蕾达坐在我的腿上开车。今年，弗蕾达坐在特里斯腿上，特里斯坐在我腿上。一层又一层。

那种熟悉的臭味车里也有，比湿漉漉的狗味更重。那是我们收集的六袋海藻，都是漂到岸上的墨角藻和海带。尚未晾干的海藻就没有必要收集了，因为水分和盐分太多太重。英国沿海地区的人使用海藻由来已久，特别是把褐藻用作附近土地的肥料。古罗马作家提到过使用海藻作为肥料。如果你在威尔士海岸漫步，有时会在海滩附近遇到一个废弃的被灌木覆盖的斜坡入口，当年，有马从那里把海藻拖走。化肥发明之后，海藻继续使用，但已经有限了。海藻中含有大量的钾盐，特别是海草和海带。我一直在用，但不记得是什么时候开始的。我怀疑起因是一个农业推销员，过去他常到农场来推销一种名叫"大丰收"的商业海藻提取物。

在赫里福德郡，用海藻当肥料的传统已经消失了。用石头建造防风墙后，你要为这东西付一大笔钱，而在博斯你明明能免费捡到。这又是图什么呢？

因此我们总是带几袋海藻回家，在马厩、牛棚和鸡棚产出的粪堆里都掺一点，用了很长时间。

爷爷和奶奶还在大厅里的气压计旁挂上长长的黑色墨角藻，用来预测天气。有时候，他们对墨角藻的迷信走火

第四章　金色之海
The Golden Sea

入魔，他们看旧报纸上的天气预报，只是为了看气象局预测得准不准。

此外，如果不收集一桶牡蛎壳，到家里碾碎喂给鸡吃，那海边旅行也确实说不上完整。想让蛋壳长得更好，没有什么能比得上贝壳。

孩子们大了十岁，成了十几岁的少年，更难凑在一起，但我们还是一起去了博斯，带着海藻和牡蛎壳回家。

小麦闪耀着金光。

我走在金色海洋的边缘。现在，庄稼几乎成熟了，闪闪发光。接着，一颗灰弹炸升，六只红腿鹧鸪从麦田里窜出来，疯狂地飞走了，发出女巫般的咯咯笑声。又一只也飞起来，扑扑振翅，紧随其后。

红腿鹧鸪（red-legged partridge）中partridge很恰当，源自希腊语PordScript，意思是"制造爆炸性噪音"。

红腿鹧鸪（学名：*Alectoris rufa*）和灰山鹑（学名：*Perdix perdix*）长得很像，他们飞在空中，如果从后面看，则很难区分。但在这个天空晴朗阳光明媚的早晨，我可以清楚地看到那白色的喉部、一圈黑项链和红宝石一般的喙。红腿鹧鸪是恋家的动物，尽管被伊迪丝无意中赶到空中，但是如果这里食物充足，他们就不会飞很远。

当天晚上我去了田里，麦田在月光下躁动。田边红腿鹧鸪蹲伏着。和雉鸡一样，在危险来临前，他们会像石头一样一动不动，因为移动会让他们落入猎鸟之口。我用手电筒毫不费力就发现了他们。

红腿鹧鸪围成一圈，头朝外，便于发现捕猎动物。这种栖息的习惯被称为"凑圈"，但如果起风了，这群鹧鸪就要脸冲着风了。

但是我把运气用过了头。走得太近，他们逃到了麦田里。

第二天早上，在他们凑圈的地方，有一个形状完美的黑色粪环。

M6高速路的某个地方，星期六下午4点59分。伯明翰附近。我把汽车收音机从R3切换到R4收听午后节目。这一天肯定没什么新闻，因为第三条是"以自然为写作内容的作家攻击BBC的春日观察节目，主持人克里斯·帕克汉姆

第四章　金色之海
The Golden Sea

（Chris Packham）给予回击"。

他们说的作家只可能是我。我关掉收音机，喘不过气，心脏几近骤停。拐进下一个服务站，我停车给潘妮打电话。

她答应我去听听他们在说些什么。我自己无法面对。

在去往苏格兰的路上开了两个小时后，我用手机给潘妮打电话。"没事，"她说，"最后节目结束时，他其实是同意你的看法的。"

我猜到了这是怎么回事。我写了本名叫《干草耙，羊粪蛋，不吃毛茛的奶牛》的书，在书中我随意地思考了一个问题：屏幕上反复出现的动物形象，是否会让人们在野外遇到这种动物时的体验贬值。我知道这说不上是原创。马克思主义文化批评家瓦尔特·本雅明（Walter Benjamin）在《机械复制时代的艺术作品》中提出了这个基本思想，我只是借用。在海伊小镇的文学节讲话时，我同样也随意地提出了这个想法。那一天，记者汉娜·弗内斯也没什么其他新闻，在《每日电讯报》上发表了我这些有悖传统观念的言论。

但我的话是否有点道理呢？既然所有人都同意，充满暴力的电子游戏会让人的敏感度变得粗糙，那么不停播放的自然类节目不会让人对奇观习以为常吗？这样的电视节目不会把大自然变成猎奇和娱乐吗？

很显然,"春日观察"这样的电视节目具有不可弥补的缺陷:节目的形式不断地需要那些好看的动物图片。没有哪个观众愿意坐在屏幕前观看平淡无奇啥也不发生的节目。但事实上,如果所有拍摄"春日观察"和"秋日观察"的摄像机都对向英国普通农田两小时,屏幕上其实是不会有什么变化的。不会有令人大惊小怪的野生动物,不会有让人激动的东西,一切都不动,就像在摄像机镜头前放一张静止照片。

"春日观察"的危害性在于,它暗示英国的大自然忙碌而慷慨。事实并非如此。

幸运的是,似乎五月的星期六听午后广播节目的人不多。我原以为我如此批评国家电视台会招致推特上的恶喷,结果并未发生。

傍晚的弗林德斯。天空中满是女巫的坩埚炼出来的火焰,红腿鹧鸪飞快地冲向围场,动作干净利落,像是在一台滚动机上。有一只穿过木门进入弗林德斯,呼喊口号,领着一群向最近的一排谷堆走去。"咕—恰克",这样的鸣叫成为弗林

第四章　金色之海
The Golden Sea

德斯夜晚的声音。

天快黑了，红腿鹧鸪在谷堆周围觅食，一只雀鹰溜进去捕捉他们。两只小嘴乌鸦正在把一个谷堆顶部的麦穗扯下来，弄碎摘走。我乐见今晚的破坏行为。乌鸦看到雀鹰，警觉起来，摇摇摆摆地冲过去把他撵走。

在这一分钟漫长的危险时刻，十只红腿鹧鸪像是完美无瑕的雕塑。

我们出发时，清早的天空一片红色。天气是不会说谎的。到达莱斯特郡的时候，地势渐渐平坦，大雨倾盆。到达剑桥郡时地势更平，到了诺福克郡则平得连一根香肠都不会滚动。

上次来东英格兰已经是几十年前的事情了，而这次来有很强的动因。我们需要添一头红色无角公牛，牲畜网站上有一条广告颇具吸引力，那头牛的统计资料迷住了我——他子孙后代众多，堪与《旧约》中的族长相提并论。此外，红色无角牛是产自诺福克郡和萨福克郡品种，在原产地购买颇为适宜，这里的红色无角牛，就像是纽卡斯尔的煤，撒哈拉的沙子。然而后来发生的事证明，我在电话中和卖主交谈时，针对他说的"习惯于被使唤"和"上过缰绳"这两句话，应该多问些问题，让他说得清楚些。

三小时车程后,在威特利斯(Whittlesey)附近的某个地方,潘妮开始替我开车。确实应该让她来开,因为随着我们越来越深入谷物大亨的领域,我被一块块土地的巨大面积分了神。

经过的麦田面积都在一百英亩以上,比我们拥有的土地加起来都大。在东部,由于干旱,刈割季节较早,大部分田地都已收割完。地平线上是一堆堆黄色方形麦捆,像古巴比伦的金字形神塔。有块地还在收割,三座神塔紧挨着。

最终卫星导航女士告诉我们:"你已经到达了目的地,就在右边。"风景如画的红砖农舍和红砖谷仓,所有的颜色都与红色无角牛协调一致。卖主和他十几岁的儿子从乔治亚风格的门里走出来。门的铜饰很多,通往一块砾石地。我们握手,聊了几句家常。

"你从赫特福德郡[1]过来,走了很久吗?"

"是赫里福德郡。"

我们走到房子后面的四方院子里,一群白纸一样的海鸥在头顶盘旋。雨停了,但午后的天空带着腐肉的气息。那头公牛在角落的围栏里,四周有混凝土墙,上面的水平钢栏有

---

1 Hertfordshire,赫特福德郡,位于英格兰东部的郡,距伦敦30千米。而作者所在之处赫里福德郡(Herefordshire)位于英格兰西部,临近威尔士。

手背那么厚。有一个喂食水的开口，还有一个轭——这让围栏外的人能够操控他。

壮观。一身光滑的棕褐色毛，周围有一圈光晕。麻烦的是他的脾气。一看到我们，他就放低头，"使了个眼色"。眼睛瞪出来，露出一圈眼白。这是采取行动前的序幕。

公牛不认识我，本该对我有所防范。但我向卖家建议，我往后退，在他走近那头牛时，我从远处看着。这个尴尬的建议搞得气氛有点紧张。

院子门口，我和卖主的儿子站在一起，我用眼角瞥到牛正低下头看着水泥地。在他低下头之前，卖主没敢走进他二十英尺之内。他哼了一声。

我没有放弃，决定再给这头牛一次机会。卖主和他儿子在院子大门处等着，我慢慢走到围栏旁，微笑着，叫他，他发出哞哞声。在突然将威胁等级调到危急之前，他允许我走到离他十英尺之内。他马上要发动攻击了，右前蹄开始挠地。借此我看出来，牛棚是一个精心设计的系统，牛棚外有钢筋制成的走道，门通往后面的牛棚和院子。我怀疑，除了交配，这头公牛不和牛群待在一起。

除了在用轭和分群栏操控，我怀疑他从未被"使唤"过。也许从小牛开始，他就一直套着缰绳，像金刚一样被关在笼子里。这种避免近身接触实现控制牲畜的方法，在现代农场并不少见，牲畜的饲料和睡觉用的干草垫由拖拉机后面的鼓风机传送过去。有的牲畜还未习惯于被人使唤，让人走近。如果你不用和这样的牲畜打交道，那再好不过了，但有时候你不得不接触他们。

公牛都有些危险。在农场里和公牛待在一起就像在西班牙潘普洛纳奔牛一样，你要时刻注意安全出口，即便如此还是有危险。这头公牛超出了我个人能承受的界限。我们牧场有小牛，他们的生父，那头老公牛，牵着鼻子走都行，能让你把手指放在他那朋克式的铜鼻圈上。他淘气的话，你只须轻轻扭动鼻圈，他马上就会叹口气，变得规规矩矩，像狗狗一样走起来。

买牛的失败，自己对广告的轻信，四小时半的车程，以及卖主缺乏诚信，搞得我有些恼火。

"恐怕他不适合我。"我说。

"我们浪费了时间。"他们说，神情好似他才是受害方。

但这一天也并非完全是浪费。一个小时后，潘妮和我坐在科茨（Coates）一条车道尽头偏僻的停车场里。旁边停着几辆卡车和轿车，有两个人穿着绿色雨衣，正在用长镜头拍照。

第四章　金色之海
The Golden Sea

皇家鸟类保护协会在内内沃希（Nene Washes）有一片保留地，于2003年启动重新引入长脚秧鸡的项目。长脚秧鸡曾广泛分布于草地和耕地，但无法应对机械化收割的挑战，它们会让长脚秧鸡有自杀的冲动。和许多在地上做窝，靠伪装逃避捕猎者的鸟一样，即使在割刀片无情逼近时，长脚秧鸡依旧坐着一动不动。爱德华时代，长脚秧鸡在英国南部和中部已经非常稀少。诺丁汉郡鸟类学家约瑟夫·惠特克在1912年出版的《一位博物学家的杂记》（*Jottings of a Naturalist*）中写道：

> 二十年前，整个教区到处有长脚秧鸡，事实上，如果有块田收割时没长脚秧鸡叫，倒是个例外。但是我知道，过去十年中，人们没有听到过一只长脚秧鸡叫，而这个教区有六千英亩。不仅在这些地方如此，任何其他地方也一样。

长脚秧鸡也叫陆秧鸡、"更黑的母鸡"，在一段时间里数量持续下降，直至20世纪90年代，剩下的几乎局限在苏格兰北部和西部沿岸的岛屿上，那里是小农场耕作方式，而非其他地方的密集型农业，为这种鸟在英国保留了一丁点领地。

内内沃希保留地开展了重新引入项目，其中包括释放人工饲养的长脚秧鸡。这些长脚秧鸡在温比思奈得动物园繁殖，融入内内沃希的放养围栏中。长脚秧鸡只是夏季英国的游客，秋天则会迁徙到非洲中部过冬。他们飞得慢，悬着双腿，每一次拍动翅膀都很用力。所有的长脚秧鸡，包括动物园里出生的，都能从非洲来回。这似乎有些不可思议，但他们确实做到了。

现在，内内沃希约有20只雄性长脚秧鸡，其中有些是野生的，拥有固定的领地。

内内沃希是一块六英里长的长方形草地，杂乱、多沼泽，十分平坦，储存着来自内内河的河水。这些因素造就了这一处最好的保护地：因为冬天会泛滥，这片草地从来没有被人工修整过。

我们沿着排水沟边的小路行走。这条小路叫"莫顿之沟"，以1478年主持挖掘工作的主教命名。在赏心悦目又长又平的风景尽头，目力所及处，草线融进天际线，一架赫拉克勒斯飞机飞过。除了作为保护地，这里仍然是英国皇家空军轰炸机的起降地。

芦苇荡漾着，排水沟像一条墨水线，另一边，利木赞牛在吃草。一只巧克力色的鹞悬停着，一群琵嘴鸭飞起来，惊

第四章 金色之海
The Golden Sea

慌失措，带起一片水雾。我还看见了茶隼、树麻雀和鹬。一根红色标枪悬在篱笆柱上，吸引了我的眼光——是只红蜻蜓。

我们走了一英里多，没听到长脚秧鸡的叫声，只有沉闷的风、无尽的淡紫色天空和明显的失望。

我非常非常想再听一次长脚秧鸡叫。

回到停车场时，一个穿着迷彩服、留着姜黄色胡须的男人对福特蒙迪欧车旁的两个女人发出嘘声，"听！"

我体验了怀疑的不同阶段。听错了？刹那间又觉得自己在做梦，还是因欲望而陷入了华兹华斯式的情绪？

> 我们的生命里存在时间之点，
> 它具有卓越特性，能够保留……
> ——威廉·华兹华斯:《序曲》

但叫声就在那里，真实，能听到，还有另外四个人证。"克雷，克雷"，和其他声音都不一样，像指甲刮过梳子，像噪音爵士乐队用的刮板声[1]。一只长脚秧鸡在呼唤我。

---
[1] skiffle，噪音爵士乐，流行于20世纪50年代，融合了爵士乐和民间音乐的特点，演奏者常常用自制乐器进行演奏。washboard，刮板，一种打击乐器。

时光回转，先是我的童年，然后从维多利亚时代的工业革命到乔治王时代，当时长脚秧鸡是英格兰夏天的声音。我听到了鸟儿们众多的美好过去。

长脚秧鸡又发出叫声，一次又一次，从排水沟外广阔的草地上传过来。

那一刻，我理解了时间的非线性。在长脚秧鸡的呼唤中，过去、现在和未来的循环在手指和拇指间缠绕。

我们离开时夜幕已经降临，长脚秧鸡还在叫。

我们在斯坦福德的威廉·塞西尔旅馆过夜。他们只收住"相当乖巧"的狗，我们的伊迪丝满足此要求。他们家是那种仍然在用钥匙而不是塑料芯片卡的旅馆。

此处也有不少历史可供打探。威廉·塞西尔一家来自我的教区，他本人后来被伊丽莎白女王封为伯格利勋爵。这家旅馆是伯格利邸宅的一部分。在当地，威廉·塞西尔是一个很有成就的小伙。

我的好奇打探延伸到旁边的饭桌，偷听五位商人说话。他们都穿着黑衬衫，多数的发型都是油光发亮的。三个英国

第四章　金色之海
The Golden Sea

人，两个荷兰人，从事花卉生意。很明显，郁金香的销量正在下降，因为花园变得越来越小。

这几位农业人士口中的数字惊人，"十亿欧元的营业额……"所述话题涉及货盘[1]、冷藏、乐购公司、积极营销（"他打电话说：'别他妈给我乱来。'"）。曼联足球队的命运是对话的润滑剂，对荷兰花卉集团的垄断地位该采取怎样的措施则是对话的主要内容。

> 多么美好啊多么高兴
> 又迎来了夏天
> 天天都听到秧鸡叫声
> 在草丛和麦田间
>
> 在除草季节听得到它
> 当麦浪齐膝盖深
> 在盛夏季节听得到它
> 从晚上叫到早晨

---

[1] 航运、物流行业使用的词语，是指货主手中要通过海运、空运或联运进出口的货物。

此刻我听它在草丛中
青草长得真茂
但刚刚才过了一分钟
它又在麦田里叫

像个无处不在的幻影
一个活生生的谜
我们知它该有影有形
它却不透露秘密

或在牧场听到它叫唤
或在围篱的田里
你要是追踪它就远去
不注意它就紧跟你

男孩们熟知百鸟曲调
他们爱掏鸟窝
可是每听到秧鸡啼叫
总叫他们迷惑

第四章　金色之海
The Golden Sea

他们拨开每一处草丛
但是毫无结果
他们窥探每个灌木丛
还是一无所获

但他们仍听得秧鸡啼
他们很想不通
它肯定不会来自地底
也肯定不在天空

一支不见踪影的歌曲
在每处低地传遍
一个神秘有趣的谜语
要延续整个夏天

牧人双手拢着嘴呼哨
又人叫喵喵呼呼
他的狗满世界搜又找
想把它惊起轰出

可是等狗们无功而返
一两分钟才过
它却又唱得更响更欢
秘密仍没揭破

可是它的窝还是难保
撞上不测之灾
当人家为麦田除杂草
会发现它的所在

还有牧场上的割草汉
会撞上爱叫的鸟
还奇怪它就这样产卵
不筑个像样的巢

它们就把地刨松一点
刨出个简单的坑
产下的卵带深色花斑
而且几乎呈圆形

第四章 金色之海
The Golden Sea

> 不知情的小孩和大人
>
> 仍深感它的神秘
>
> 猜想它只是一个声音
>
> 出没在夏日草地

——约翰·克莱尔,《长脚秧鸡》(*The Landrail*)[1]

赫普斯顿村（Helpston）离斯坦福德只有7英里，我们第二天早上去了那里，有点向约翰·克莱尔朝圣的意味。

赫普斯顿有着典型的村庄模样，有用蜜蜡石建造的教区牧师住宅。因为居民都在远处工作，路上没有车，赫普斯顿自然很安静。

在伍德盖特路上，有一个棕色的历史遗产标志，上面写着"约翰·克莱尔的小屋"，他1793年出生于此。屋子用石灰刷白，有茅草屋顶，现在是一处博物馆。站在前面，人们会觉得"对一个农场工人来说，这房子相当大"，随后会注意到砖砌的小门。当时，这房子分割开来，供几家人住。

---

[1] 引用自《世界在门外闪光：英国维多利亚时代诗选》（上卷），飞白译，湖南文艺出版社，2015年。——译者

克莱尔的成长背景或童年时代里，没有多少东西能够解释他如何成为英国乡村最伟大的诗人。他说他在田里"找到"了他的诗，很可能是实话。如果大自然通过拥有一个人来拥有自己的声音，那么克莱尔就是被选中的人。

克莱尔的小屋没有增进我对他的了解。为什么呢？因为克莱尔是生活在室外的人。我沿着公共人行道穿过对面的农舍，他和他的父亲都曾在那里干活。黑色瓦楞棚子上有标志，警告这是私人财产以及非法进入的后果。

棚屋后面是农田，看着让人很不爽。如今，再也没有孩子能像克莱尔那样跑到"麦田里摘红花和蓝花装饰帽章，玩士兵的游戏"，因为这片大得不正常的田地里没有野花，沉闷死寂。

电缆塔穿过田地，没有鸟儿歌唱，更不用说长脚秧鸡了。

麦田里有风声，是沙子落下的声音。麦子摇曳，让身体感觉到看不见的风。一只夜莺开始在"三亩林地"里歌唱，我用指甲切开麦粒以确定是否成熟（如果还是"乳白"，那就还没有成熟）。我像德国童话故事里天真的孩子，被诱惑的歌声引进黑暗的树林。我在林子里越走越深，但夜莺总是

第四章　金色之海
The Golden Sea

在前面稍远处，林叶是它的屏风，它藏身其后，保持谦卑和神秘。也许这只鸟儿为自己单调的歌声而羞愧。鸟类中的夜莺，就如人类中的珍妮和约翰那么普通。有一次，我站在白蜡树下，夜莺在头顶歌唱，音阶落在我仰起的脸上。

再过几周小麦就可以收割了。

节假日开车出行，我们比别人走得更远。

在米兰北部的高速公路收费站，不锈钢亭里（意大利人能把一切搞出时髦来，即便是收费亭）的家伙把零钱递给潘妮，说："第一辆英国车。"

"今天第一辆？"

他思考了一秒钟，答道："今年。"

他或许不是夸张。上一次我们在比利时看到一个英国车牌，那辆车超过我们时，里面的孩子兴奋地指着我们。无须懂得意大利唇语，他们的表情很明显，一定是在说："看！英国人！"

在贝加莫的休息站，阿吉普加油站的服务员自我介绍，他叫塞尔吉奥，说不敢相信自己的运气，因为我们给他提供了练习英语的机会。

"'欢迎在意大利!'还是'欢迎来意大利?'"

"来。"我告诉他。

"你从利物浦来?披头士乐队!伦敦?佛莱迪·摩克瑞[1]!(这个词我花了一分钟才搞明白,塞尔吉奥的舌头上发出来的是'佛里迪·姆库里'。)"

我摇摇头。塞尔吉奥还知道另一个英国地方,牛津。我们告诉他,我们从牛津附近过来。毕竟,对我们这样的"新朋友"来说,六十英里算不上多远。

我喜欢在国外开车。我喜欢看乡村风景的变化,看其他90%的农场是什么样子的,而且路上没什么车,可以开快点。

都灵和的里雅斯特之间的A4高速公路是个例外,三条车道中的两条满是卡车。在交通拥堵之前,我们没开出多远,降到爬行速度。

萨博车显示车外42摄氏度,窗外的景色像是热浪中荡漾的肚皮舞。路边有汽车厂、工厂、汽车展示厅、工业园区,偶尔有一些农田。我们缓缓开过一间白色的两层农舍,旁边是齐平的麦田。午间的炎热和尘土纷至沓来,树上的蝉鸣如

---

[1] Freddie Mercury(1946—1991),英国音乐家,皇后乐队(Queen)的主唱。

第四章　金色之海
The Golden Sea

同工厂里轰鸣的噪声。(成年雄性蝉腹肌部有两块膜,称作鼓膜,分别在第一腹节的两侧。通过收缩鼓膜肌,鼓膜内扣,产生响亮的咔嗒声。当膜反弹回来时,它再次发出咔嗒声。两块鼓膜交替发声,腹腔内的气囊再对声音进行强化。振动通过身体传递到鼓膜,会进一步放大声音。一只雄性蝉能发出超过一百分贝的噪音。)透过烟雾,在铁丝网栅栏后面,我看到一辆蓝色福特拖拉机朝我开过来。拖拉机崭新的配件闪闪发亮,它正在割小麦,还将小麦捆成捆——可说是新技术干旧活了。我似乎明白了些什么,想开出去,走近看个究竟,但是交通突然畅通,我们开走了。我不得不等到特雷波尔蒂(Treporti)才能上网搜索这个奇妙的装置(关键词:新型拖拉机收割捆扎配件)。后来我查到,那个安装在拖拉机上的阿尔万布兰奇TH1400配件,其实产自英国威尔特郡。

我需要一个,要么买,要么借,要么向别人要。我本来计划买一台老式收割机(可以在农贸市场买了提回去),可那跟装在儿童赛车上的细长汽船桨没什么两样,出了名的不好用,需要圣妇莫尼加[1]那样的耐心。

---

[1] St. Monica,早期基督教圣人,圣奥古斯丁的母亲,乐善好施,悲天悯人,是有名的贤妻良母。

我真是需要阿尔万布兰奇TH1400，而且我没有把"想要"和"需要"搞混。

7月31日 弗林德斯。夏天走得和来时一样快。山那头，有户农场已经开始割麦子了。距离我站在夜间的田野里看云雀飞翔，已经过了四个多月。而我感觉那似乎是昨天才发生的事情。

第五章　人鼠之间

很快，田野变得清爽了
农民的耳边回荡着欢快的声音
孩子们呼喊着"他们回来了"
跑着去迎接带回来的收成
被枝条捆得紧紧的，周围挤满了男孩
大声喧哗着
收获的工作即将结束，令人高兴
农民现在都很疲惫
他们在堆满麦垛的院子里碰头
吃着小圆面包，欢快地呼喊

——约翰·克莱尔，《牧羊人月历》

我给阿尔万布兰奇公司打电话，友好的销售代表给出这种收割捆扎奇妙小工具的报价：7642英镑，包含了5%的单次购买折扣。我听了很高兴。虽然以农业支出来衡量的话，这是一个非常合理的价格，但是对可能最后只用了一次的东西花费7642英镑，我难以说服自己这是一笔理性开销。

最后，我找到一个名叫大卫·鲍德温的人，他在萨默塞特郡查德镇外种地，可以租给我一星期。唯一的问题是，我必须上门去取。

我很喜欢我们的路虎卫士车。如果你想从四个轱辘之间得到点乐趣，这车能给的就太多了，但是它巨大的声响和震颤也真是要人命。

只需要举一个例子。全家旅行时，我们通常会很明智地开一辆北欧出产的大行李箱轿车，但有一次，在我侄子婚礼前，这车抛锚了，我们不得不开着路虎卫士去一百英里外的贝辛斯托克。我们三个人坐在车厢里，四岁女儿在后面的"实用空间"里，那地方通常放的是羊、饲料和工具包。她的汽车座椅用蓝色尼龙系在随意插入的插销上。出发前我刷牙，朝浴室窗外望去，看到我们那群格洛斯特花斑猪给自己放风，正快活地在院子里小跑。

在《四个婚礼和一个葬礼》的开场戏中，休·格兰特起床晚了，想准时赶到教堂，嘴里连连骂"操"（我数了，一共十二个）。我骂得比他还多。我换回了每天都穿的连裤工装。这些猪平时会希望我给它们吃点坚果，那天我用掉了一整年的坚果，才最终让它们回到了它们该待的围场。

因为晚出发了两小时，我不得不把路虎卫士开到它难以承受的每小时80英里。在雷德拉梅尔（Leigh Delamere）的服务站我们停下来，手脚并用爬出车，一个白发老人由儿子搀扶着，蹒跚地向我们走来。

一眼看上去，他和我过世的祖父一模一样。老农民你可以一眼看出来，他们都是钢打的精瘦男人。

"她真是太干净了，"他指着路虎对我说。"我们一直跟着她。"

我们握手聊天，他问我："还有不少路？"

第五章　人鼠之间
Of Men and Harvest Mice

"大概还有70英里。"

他知道那意味着什么，对我眨眨眼："祝你好运。"

我们到乡村别墅的婚礼会场停下车，正好赶上下午一点开始的婚礼。一直到晚上七点左右那段时间里，我能记得的只是看着我娇小的女儿穿着蓝色天鹅绒裙子跳舞，还有发动机的震颤，我浑身冒汗，拼命开在车道上。我满身创伤，惨败不堪。别人说的话在我耳中回响，在我的全身回响。

8月10日，我试图埋葬那段记忆——我在路虎后面安上拖车，前往查德。到了那里，我装上阿尔万收割捆扎配件，开车回家。由于机械震动引起的失忆症，当天发生的其他事情都被抹去了。

弗格森拖拉机对配件来说有点轻，而且动力不足，因此我把它装在国际牌拖拉机的后面，开往弗林德斯。抵达时，雷声大作，风鞭打着麦子。年轻的雨燕刚学会飞行，掠过金色的麦浪怒涛，捕食飞虫。

我现在每天都在弗林德斯。检查麦子时，我会用两个手掌搓一个麦穗，然后用拇指和食指把它分开。

到 8 月 20 日时，我们已经准备好收割。麦粒裂开了，像坚果一样。（你可以用电子湿度计来量，含水要低于 16%，否则会腐烂。）在恰到好处的成熟和腐烂之间，大自然只留给你几天时间。最糟糕的是麦穗发芽，托马斯·哈代的小说《卡斯特桥市长》中，兼为谷物商和市长的亨查德遭遇了此事。

明天我将收割，突然间冒起一种可怕的怀旧情结。这金色的海洋，连同涂抹在其四周的野花，将要永远消失。

蠓虫成云，在麦田上方上下飞动。

我躺在低语的麦子里，这也许能让我体会到野兔和红腿鹧鸪生活的世界。

我的天哪：恐怖和美丽同在。

树篱上的知更鸟开始唱一首伤感的歌。因为已经脱换了羽毛，正在占领冬季的土地，知更鸟又唱起了歌。这是种非同寻常的鸟，雄性和雌性都会唱歌，拥有领地意识。

田边的泽漆枯了，泻根的藤蔓将篱笆包扎起来，颜色像是 Tic-Tac 橙糖和绿糖，黄蜂顽固地停在常春藤的花朵上，长腿叔叔蜘蛛像是被无形的绳子牵引的木偶。雨燕在夜空中绕飞，又密又黑，小鸟已经加入其中。

夏日最好的时光已经过去了。

第五章 人鼠之间
Of Men and Harvest Mice

如果我有一台全新的联合收割机，我会把钥匙交给你，因为我自己不愿收割。由于生态原因，我希望收割时把小麦一束束分开，而不是直接捆起来。此外，我还有另一个不愿接触联合收割机的个人原因。

我记得那是我六岁生日的时候，父亲给了我一个他做的玩具农家院。设计非常简单：一个两英尺见方的薄胶合板，涂上木胶，撒锯末后涂绿色油漆。一块女人通常会放在手袋里的圆镜，粘在角落里充当农场池塘。他还做了榛树栅栏，在木棍上钉了钉子算是篱笆柱，上面放些小树枝。

我一直对农耕着迷，但是直到现在，回首四十年前，我才体会到自己是有意识地在我周围的真实世界中复制那块薄板。薄板上有塑料红色无角牛，模仿村里学校边的牲畜群，有祖父开的闪闪发光的白色大卫布朗拖拉机，一群白鹅和牧羊犬（我们家鹅群和狗的缩影）。还有丁奇玩具版的梅西575联合收割机，因为罗恩叔叔有一台英国邮筒那般深红色的梅西575。

我像一位特别圣洁的护士，细心呵护我的玩具农场，只是不怎么玩丁奇玩具收割机，只偶尔前后滑动它。我讨厌罗恩叔叔的联合收割机，一年中有11个月把它关在谷仓里，石墙和重重的谷仓门也难以抑制它散发出的恶意。

到了七月，梅西联合收割机被放出来了，引起了一年一度的骚乱。是的，虽然罗恩叔叔的梅西从来没有杀过人，但只有很少的联合收割机能做到这一点。多年来，我一直认为"悲惨事故"是联合收割机致死的同义词。我们在威辛顿的邻居比尔·威廉森被他的梅西活活吃掉了，布罗姆亚德的一个男孩的胳膊被撕掉，斯托克伊迪丝的一个女孩"失去了"她的手。

向前快进到我12岁。那是盛夏的正午，但人们午饭分辨时间，因为联合收割机割刀上的尘土扬起一片灰云。我们就像在日食中，在永恒的黄昏中。

罗恩叔叔在上萨皮（Upper Sapey）有座农场，我们正在割麦子。每个12岁以上的人（那时的我满12岁了！）都在干活，因为带有拖车的拖拉机必须不停开到联合收割机的旁边，从卸粮口中运走谷物。

也并非所有人都在干活儿，10岁的班吉拿了把韦伯利177号气步枪，朝着逃开割刀的田鼠开枪。

我的工作是和奥利一起站在梅西的小平台上，当拖拉机的拖车满载时，向司机示意。

站在平台上很可怕，感觉自己处在一艘战舰之上，披风破浪，颠簸得厉害。平台在割刀的上方，只有两根低矮的、可怜兮兮的铁栏，站在上面的人总觉得自己好像正掉向刀子，

第五章 人鼠之间
Of Men and Harvest Mice

特别是当联合收割机撞到土脊向前倾斜时。

噪声喧嚣，不息的旋风卷起稻草碎片和泥土，奥利在一片嘈杂中喊道："你准备开干吗？"我其实听不出他说什么，只是根据他唇形猜的。他把西部片里的红手绢从嘴上拿下来。他戴了一个"二战"期间战斗机飞行员护目镜，来自滕伯里威尔斯的一家二手店。

我溜回平台上，戴上太阳镜作为保护。战斗机飞行员的护目镜或偏光镜，是20世纪70年代的"安全装备"。我几乎抓不住575的铁栏，但旁边的奥利给了我很大的同侪压力，我不能尿，我至少得一直干到地的那一头。这块地很长，比任何牧场还要长。奥利大口喝着瓶子里的亮红色汽水。可口可乐、维姆托（vimto）、樱桃水（Cherryade），对我们来说都是汽水。

我的腿随着下面的油门颤抖，难以抑制。为什么动物不逃开呢？一只兔子被甩起来，又掉到刀片上，如同往人工雷云中扔进一束猩红的花。

一只兔子窜进广阔的田地里。再次轮到奥利接手。至少下次发生这样的悲剧，不是在我的指挥下。

猎犬们也和我们在一起，他们最喜欢追逐被赶出麦田的田鼠。一只灰田鼠突然U形转弯，朝刀片方向跑去。棕白色的猎犬贝拉紧跟在它长着鳞片的尾巴后面。

我和奥利同时狂叫:"贝拉!"

但贝拉没听见,在联合收割机的工业喧嚣中,她听不见。她的头从脖子处被切断,朝我们飞过来,惊异的眼睛睁得很大。我记得我觉得很恶心,奥利很绝望,砰砰撞铁栏。贝拉是我表妹艾丽丝的狗,回到农场时,总得有人告诉她。我们没有停止工作,不能把梅西关掉,因为关掉后它可能没法重新启动。打捆的活干得差不多了。贝拉出事后,我跟着收割机又跑了一趟,看到田边的麦秸捆,上面有白色和棕色的皮毛与赭红的死肉。

灰云滚滚的小山上后来还发生过别的麻烦。那年我十四岁,站在梅西的小平台上,收割机正要启动,恶臭的浓烟从发动机里冒出来,比平时令人窒息的热油臭味更甚。

橙色火焰在我的脚下绽放。

我们跳了下去。巨大的梅西燃烧了一个小时,仿佛是某种异教徒仪式上的塑像,或是它自制的科幻电影大结局。

梅西联合收割机焚烧后一周的一天,临近中午,我记得不到十一点,打捆机坏了,每个人都在院子里。我父亲雇的

第五章　人鼠之间
Of Men and Harvest Mice

机修工杰克·R在机身下面仰天躺着，蓝色金属折叠工具箱拉开，像手风琴一样。杰克·R那波浪般的灰发光滑顺溜，长着一张拳击手的脸，干副业的话可以出演个性配角（特长：打断别人鼻梁骨的恶棍，嘴里念叨着"明白我的意思了吗，小子？"）。

我喜欢杰克，不仅仅因为从我记事开始他每年圣诞都送给我一样礼物。大家叫他杰克·R。20世纪70年代的每个中年人都叫杰克，因此，他的大名杰克·雷诺兹得叫成杰克·R，才能与杰克·威廉姆斯、小杰克、杰克·库珀、山下的杰克和莱斯特·杰克区分开来。

杰克·R穿着他惯穿的蓝色尼龙工装裤，正喃喃自语。通常来说，看着一手机油的杰克·R很好玩，但现在我看不出他在干什么。此时我想到了一个宏大的计划。

20世纪70年代，乡下孩子多多少少都会骑马。朋友和亲戚中，我只记得我和表妹艾丽丝上过骑马课。我在拉格草场（Lugg Meadows）纽克特的骑术学校上过马球课。马球课听起来很高大上，其实很多时间都坐在加高的木桶上、双腿分开、挥动马球杆。尽管如此，那时的我已经参加过两场马球比赛，拥有一件马球衫和几条手腕汗带——我是专家，什么都懂。

我对院子里的堂表兄弟们说："我们为什么不搞一场马球赛？"他们自然被我搞糊涂了，我则继续我的计划。

话说回来，我也意识到这个想法不太妙。我说时声音很轻，周围的成年人都没听见。

我们的农场在上萨皮，我们有很多马，罗恩叔叔有猎狐马和赛马，我的堂表兄弟们有小马。我们不喜欢赛马，因为坐在赛马上就像是坐在装备着氧化亚氮助力器的F1赛车上，速度很快。（没有骑过赛马的话，你是体会不出其中的恐惧的。我前些时候刚被一匹甩下来。）除了赛马，我们还有三匹猎狐马和三匹小马。我们骑上去，用曲棍球棍棒和倒着拿的拐杖当作马球槌，骑到新建的钢架牛棚后的围场。

我们用连衫裤童装当球门柱。这是当然。因为球杆太短了，低下身来也无法击球，甚至踢不到球。两个表兄立刻输了，哭了，不想再玩了。我骑的福克斯利，是我叔叔那匹高16.3[1]的爱尔兰猎狐马，用的球棍是牧羊人手杖——这来自我的突发奇想。我们玩了十分钟。

玩第二局时，我疯狂挥舞球棒，重重击到了福克斯利右前腿的屈肌腱。马惊跳，我落地，摔倒。

---

[1] 人们常用"一手之宽"来作为测量马高度的单位，约10.16厘米。文中这匹马身高大约1.67米。——译者

第五章　人鼠之间
Of Men and Harvest Mice

大家张大嘴巴不说话。我从马鞍上下来，用手摸马的肌腱，感觉到手下的肿胀。

堂表兄弟们站在我后面，他们半是同情，半是幸灾乐祸，对我说："他会杀了你。"

罗恩叔叔面如重枣，脾气暴躁，他的惩罚清单里可没有排除死刑。钱就是一切，福克斯利是他的骄傲和快乐之所在。在此，我必须说明一下马的经济价值——福克斯利值一千几尼（英国旧时使用的金币，一几尼值一镑一先令）。我明白这一点，因为每个人都在用夸张的调子高声说："你知道那匹栗色的马花了多少钱吗？一千几尼！"

我陷入了困境。我要不要招供？福克斯利受的伤可能是永久性的，也许是一块碎裂的骨头，也许是一根撕裂的肌腱。当时艾丽丝只有九岁，但拥有古人的智慧，她走进来对我说："让我们把他带回马厩。"

她带着一瘸一拐的福克斯利离开，我跟在后面，其余的人组成了一个队伍，像儿童十字军那样兴奋。一颗灯泡照亮马厩，我们可以看到那处肿得已经有网球大小。

我的大脑重新转起来。我没有白读吉米·哈利[1]的那些书。

---

[1] James Herriot（1916—1995），苏格兰知名的兽医、作家。

"冰！我大喊一声，朝农舍跑去，穿过院子后部（大人的眼睛都还在杰克·R身上），来到储物间，丽兹阿姨将冷柜放在那里。

与一般人以为的相反，农民家庭不吃新鲜健康的食品。普通干农活的人一天吃的特趣巧克力、薯片和"买来的"猪肉馅饼，比《发条橙》里城里流氓青年一周吃的都多。随着冷冻技术、方便食品、一手交钱一手交货的草地集市的出现，70年代中期以后，农民们吃的都是垃圾食品。

我打开冷柜盖，在一大堆芬德斯牌脆饼和雀目牌北极雪糕蛋卷上面（还有为了装装样子的苹果泥，炖烂了装在白色金属夹夹着的塑料袋里），有铝制的冰块盘。我们在水龙头下忙起来，把冰块放入桶中。用木铲子刮掉靠近冰柜侧比较厚而毛糙的部分（制冰技术还处于初级阶段），用发红的手把冰舀进桶里。

为了让手头的活有意思，我告诉兄弟们，我们现在正"从事一项使命"。幸运的是，艾丽丝记得需要用东西来把冰包起来。她溜进厨房，从架子上拿了两条毛巾（我记得有一条还印着彭布鲁克郡的风景），当时丽兹阿姨正在打电话。

回到马厩，我们用冰在福克斯利的肿块上敷了一个小时。

奇迹中的奇迹，肿块消退了。我们带着福克斯利绕院行

第五章 人鼠之间
Of Men and Harvest Mice

走,他看起来没问题。

一辆路虎车开了进来,一团小小的、预示着灾难的灰云升起。罗恩叔叔有两个在马厩干活的女孩,曼迪和简,她们的车停在我们这群孩子的后面,两个人坐在里面。(我的表哥奥林那年21岁,是我们中年龄最大的,自从那两个女孩来了以后,他就一直笑,像只静脉注射了双份奶油的柴郡猫。)她们本该在莱明斯特买大头钉,但是忘记带农场的支票簿,便开车回来取。

穿着马裤、看上去很精神的简可不是傻瓜,她质问我们为什么把福克斯利带出来。"只是让他锻炼一下。"她不信,把福克斯利从我们身边带走,四处走动,然后上上下下抚摸他的四条腿。我屏住了呼吸。

福克斯利通过了检阅。

"你只是运气好。"一个名叫马克的孩子不以为然。

杰克·R嘴角叼着No.6牌子的香烟,卷着衬衫袖子,来找我们。

他只说了一句"整好了",一边说着,一边用舌头把香烟从嘴角两边挪来挪去。

打捆机已经"修整好了",挂在福特车上,我们出发了。车道上,莱伊斯特·杰克开DB车,载着前置装载机,罗恩叔叔开福特，奥利坐在约翰迪尔拖拉机上，后面挂着平板拖车（用于运输麦秸捆）。剩下的人被塞进驾驶室，跨坐在挡泥板上。我站在DB车后面摇晃的挂钩上。摔下来我就死定了，但确实很好玩。

这个车队的人彼此间都是好哥儿们。"来吧，加入我们的车队。"即使你十四岁就能打马球，生活中也很少有什么事能像坐在拖拉机上去干活那样青春勃发，满是少年的荷尔蒙。

车道很窄，莱伊斯特·杰克向右拐进五亩麦田，罗恩紧随其后。奥利对拐弯估算不足，不得不把平板拖车转过来……拖车撞到树篱中的电线杆，声音比三个柴油机加起来的声音还要大。

我们都停下来，把拖拉机和拖车分开。电线杆像火柴棍一样折成两半，上半段只靠电线支撑着悬在空中，开始往下掉。我们逃开，电线杆猛砸下来，电线像湿婆的手臂一样旋转。

那上半段电线杆落在拖车的木板上，砸起一团尘土。

大家不约而同地从车道上往外走了二十码，来到田地入口，电话线从那里通过。

我们有十二三个人，大家顺着电话线的方向凝视柔美的山谷。一分多钟里，大家一言不发，没人咳嗽，也没人烦躁。七月下旬，一只黄鹂在附近某处唱歌，绿色和金色的田野延

第五章 人鼠之间
Of Men and Harvest Mice

伸开来，融入远处天际的微光。此后的三十年里，我一直没能明确指出为什么那一刻如此幸福。也许是因为我们原本意不在此，却阴差阳错获得了美好。

最后，几个杰克中的一个说道："这可真是难得一见的风景。"

我们都点头称是。

但被扯断的电话线还是个问题。

"我们是不是该给人打电话说这事？"阿利斯泰尔问道。他是我的表弟，罗恩的另一个儿子。

罗恩叔叔看着他，头都快气得冒泡，用手在阿利斯泰尔的后脑勺刮了一下："你这个该死的白痴！"

除了我，每个人都在笑。因为我也是个该死的白痴，把一根金属长钩挥到了一匹价值一千几尼的猎狐马腿上。

在生活中，现实很少超越梦想，至少我没怎么碰到过。阿尔万收割捆扎配件超过了我的梦想。

我从弗林德斯中心处开始，由里而外收割。如果从外围开始，逃散的动物就会聚集在田中央被屠。这种现象是显而易见的，因此，农村俗话里会把最后一捆麦子称为"野兔"。

平置的切刀杆在拖拉机左边，切下来的小麦被钳子夹住，捆成一捆，然后随着一个短传送带弹出，落在拖拉机后面。

阿尔万收割捆扎配件从不动摇，麦秸也不黏留。每次都是完美的一捆，一捆一捆的排成一排，很容易堆成垛。

从农业角度的叙述到此为止。尽管收割是采用保护动物的方式，并且在收获季节较晚的时候进行，大多数地栖动物也已经把幼崽赶走，但对于田里的野生动物来说，收割捆扎配件仍然造成了伤害。

随着收割机的推进，藏在麦田中的动物和鸟窜向一侧，就像海水涌向船首。大部分田鼠都逃走了，有只野兔等到了最后一刻才冲进田边的野花中。她突然转向，带着疑惑奔跑，耳朵竖直，像灰狗和赛马一般优雅。麦田荡起涟漪。

野兔的心脏很大，让她能够高速奔跑。野兔的心脏占体重的比例高达1.8%，而兔子只有0.3%。

你可以看看他们奔跑的样子。

红腿鹧鸪一家成功逃走了，他们所过之处，麦田发出极为轻微的颤动。

兔子的反应和往常一样，一动不动。有时我来得及看到，便停下来，但还是有三只死在了割刀下。

第五章 人鼠之间
Of Men and Harvest Mice

蟾蜍像石头一般蹲着，伪装得很好，但太慢，遭罪最多。两周以来，他们一直在晚上绕着弗林德斯散步（蟾蜍只能非常勉强地跳一下），轻弹舌头捕捉昆虫。他们从拓荒者小路那边的树林里过来，绕过围场，穿过化学兄弟的田地和篱笆，来到弗林德斯。狐狸也走同样的路线，昨天，一只东闻西嗅的刺猬引起了狐狸和狗鼻子的极大兴趣。

收割完半块地，小嘴乌鸦和秃鹰的影子投在我身上，就像我犁地时鸟儿在跟着我一样。乌鸦和秃鹰在扫荡，今天茶隼跟得没有那么紧，有两只在麦田上巡飞，捕捉被迫逃离家园的田鼠。

一只狐狸在田边的草丛中蹲伏，等待放松警惕的动物自己送上门。

动物间的残杀是好事，这话听着不太对劲，但有道理，这表明了生物的多样性。我收割时，化学兄弟们开始在20英亩的麦田里开动莱克星联合收割机。那里没有秃鹰绕飞，没有狐狸蹲伏守候。怎么可能出现呢？那里没有动物可供捕杀。

对食肉动物来说，弗林德斯就是陶盘上的肉。动物也是要生存的。

食草动物也是如此。我用收割捆扎配件的一个关键原因听起来似乎有点矛盾：用它来收获麦穗和杂草种子的效率比联合收割机低。麦子和杂草种子被打落在地，成为小动物的美餐。他们要吃上好几个月呢。

当我收割到整块地的三分之二时，粉红色的苍头燕雀、棕色的麻雀、黑色的秃鼻鸦、灰色的斑尾林鸽和黄红相间的金翅雀都飞来享受他们的那份食物。

我接着干了三个小时，正式完工。除了野花杂草紧紧生根的地方，以及刚割过的地方留下的麦茬，弗林德斯现在是红土上的一大片苍白指甲。四周的野花依旧浓郁香甜，特别是慷慨挥洒金色的金盏花。

红腿鹧鸪精神错乱一般，在光天化日之下搜寻着这片新土地。家麻雀在树篱间进进出出，在麦田的四周来来回回。

这和以前一样，是一片美丽的土地，只是换了张不同的脸。

离开前，我从化学兄弟麦田的树篱上方看过去。那里没有散落的麦粒，只有糠秕和杂乱的麦秸，像一只巨大的蜗牛留下的黄色爬痕，整片地静如坟墓。

第五章　人鼠之间
Of Men and Harvest Mice

维多利亚时期农田的收获季节有很多野生动物，正如理查德·杰弗里斯所说的那样：

> 整村人都带着镰刀，马和马车去了麦田。人们把所有力量都使了出来，棕色的小手和大手，蓝色和黑色的眼睛不断搜寻着。人类所有智慧都得到了发挥，但麦茬还是除不尽。地上的麻雀群像不断累积的云层，一片云升起，另一片落下，翅膀如同薄雾和水汽。看到此景人不禁会想，麻雀是不是倾巢出动了。同时又感到奇怪，似乎没有那么多的檐洞和谷仓能养育出这么多的麻雀。这一大群麻雀中的每一只都有一双敏锐的眼睛和一张饥饿的嘴，都会在麦茬里找到食物。食物并非为它们特意提供，而是田野这张宽广的餐桌上掉落的面包屑。几周以来，它们每天都在这里，仍然能找到吃的。考虑到难以置信的小嘴数量，以及搜寻的时间长度和忙碌程度，你可能会想象出有多少麦子逃脱了人类之手，因为你一定知道，麻雀每啄一次，就会吃掉一粒麦子。灰蓝色的斑尾林鸽和欧斑鸠也从空中飞了下来。唱歌的赤胸朱顶

雀成群结队，欧金翅雀很欢快，黄鸲身上的条纹精细到仿佛一条一条描出来的，而不是刷上去的。棕色的黍鹀和苍头燕雀来自榛林和树篱，榛子在榛林里掉落，树篱中的浆果变红了。每只鸟都找到了自己所爱。田芥菜和蓟的种子，还有上百种其他的细小种子、昆虫，和只有鸟眼才看得到的微如原子的食物。鸟儿总是忙个不停，它们掠进篱笆，成排站在树枝上，呼唤着，交谈着，然后又飞到另一簇麦茬中搜寻，事先并无命令和计划，像被风吹过到处播种的种子一样。一整天上上下下，热情不减。看着它们，听着它们，真是美事一桩，如果有人愿意待在橡树下的树枝边，会看到蜻蜓来回飞翔，它们主要在树荫下捕猎，仿佛阳光直射会灼烧其纤细的翅膀。赤胸朱顶雀突然飞进树枝，在你头顶上亲密交谈。

弗林德斯产出了980捆麦秸，我这么清楚是因为我把每一捆都放在了"禾堆"里。每个禾堆有六捆麦秸，竖起来互相倚靠，放在一条沟里。麦秸要竖起来，这样雨水才会流掉，风吹日晒会让里面的"杂草"枯死。

堆麦秸这活儿既"断腰"又"伤手"，因为和混杂其中的蓟一样，麦秸很尖，会扎手。麦克威特手套是必备品。我

第五章 人鼠之间
Of Men and Harvest Mice

要把麦秸捆重重砸到地上,杰克·埃文斯(他担任了监督人的角色)对我说,就像"在地上钉钉子"。云和西风作美三天,主管天气的神把狂暴的三兄弟送去了撒哈拉。

> 蝴蝶的记忆都是阳光灿烂的,脑海中闪耀的明亮画给冬日的阴霾添色。
>
> ——BB[即丹尼斯·怀特金斯-皮奇福德
> (Denys Watkins-Pitchford)]

弗林德斯的边界处有一只白色的小蝶(菜粉蝶),带着脂粉气飘浮着,今年这里增加了如下种类的蝴蝶:龟甲蝶、菜粉蝶、优红蛱蝶、银斑豹蛱蝶、孔雀蛱蝶、枯灰蝶、草地褐蝶、火眼蝶。

化学兄弟的20英亩麦田里呢?只有两种:草地褐蝶和菜粉蝶。

如果说对蝴蝶的热爱只在英国出现,那有点不合适。小说《洛丽塔》的作者,俄裔美国人弗拉基米尔·纳博科夫是一位热忱的昆虫学家,曾在哈佛大学比较动物学博物馆担任过一段时间的研究员。不过,英国人似乎确实有天生的基因,使得他们像发狂的狗一样,在夏日的阳光下追逐蝴蝶。拥有很多粗花呢衣服和怪癖是研究昆虫学的必要条件。蝴蝶收藏家格兰维尔夫人[1]不怎么搭理她的亲戚，1709年她去世后，那些亲戚试图想推翻她的遗嘱，因为"只有那些失去理智的人才会去追逐蝴蝶"。

第一个有目的地收集蝴蝶的人也许是身兼牧师和博物学家的约翰·雷（John Ray），17世纪90年代时，他把蝴蝶粘在木板上。此后40年中，有此同好的人多起来，组成了世界上最早的昆虫学俱乐部——奥勒良学会（Society of Aurelians）。这些英国人在伦敦康希尔的天鹅酒馆里碰头。为什么叫奥勒良呢？因为当时蝴蝶研究还处于萌芽阶段，这些乔治王时代的自然主义者编造了这个昆虫学名词，但这项命名并未成功留在历史中。奥勒良代表的是"黄金一号"，即一种蝴蝶的蛹，破茧后长出翅膀，在忙碌的飞行中死去。

维多利亚时代的人热衷于收集蝴蝶，但这劲头没有一个人比得上沃尔特·罗斯柴尔德[2]，这位古怪的勋爵身高6英尺3英寸（约1.9米），体重300多磅，收集了225万只蝴蝶和蛾子（"没有重复"）。替罗斯柴尔德搜罗蝴蝶的人当中，有一

---

[1] Lady Glanville（1654—1709），英国昆虫学家，尤其热爱蝴蝶。
[2] Walter Rothschild（1868—1937），英国银行家、政治家、动物学家，他的其他收藏还包括20万枚鸟蛋、3万只甲虫等。

第五章　人鼠之间
Of Men and Harvest Mice

个名叫阿尔弗雷德·米克（Alfred Meek）的人，他用赚来的佣金买下了昆士兰的一座牧场。

21世纪的英国没有人收集蝴蝶，也没人制作标本。20世纪70年代，英国蝴蝶潮很热的时候，我和朋友蒂姆用渔网捉蝴蝶。我从来不把标本钉在木板上（我太笨了，而且我也无法用《蝴蝶观察家之书》(Observer Book of Butterflies)推荐的氯仿或氰化钾去杀死蝴蝶，因为那时候我刚看了纪录片《二战全史》(the World at War)关于大屠杀的那一集，我反对使用毒气。但现在一切都结束了，蝴蝶收藏已经失宠。原因在于，当代人的童年是与自然隔离的，现在的小孩会收集苹果公司的手机应用程序，但不会去偷苹果。此外，还有蝴蝶收集本身因伤害而带来的罪恶感。收集者的工作，让难以讲清楚的进化更容易理解。E. B. 福特[1]教授发现，美丽的金堇蛱蝶翅膀的细微变化并非偶然，而是一种真正的、实实在在的对环境的适应。按照王尔德《不可儿戏》中巴夫人对"失去"这个词的理解[2]，我们现在已经"失去"橙灰蝶、银

1　Edmund Brisco Ford（1901—1988），英国生态遗传学家，研究自然选择在自然界中的作用。
2　巴夫人在剧中说："失去父亲或是母亲，华先生，还可以说是不幸；失去双亲，未免有点太疏忽了。"——译者

弄蝶和大蓝蝶，蝴蝶收藏家也不能为此受到指责。其他因素，比如污染、基建、综合性农企，才是真正的蝴蝶杀手。

蝴蝶有什么用？蝴蝶的一生吸食花蜜，浮华而短暂。蝴蝶只是三流的传粉者。在不同的发育阶段，它们是其他动物的方便食品，但在英国，没有动物依赖蝴蝶而生。中世纪的男孩们把细细的亚麻色丝线拴在蝴蝶身上，让它们像小风筝一样飞来飞去。我们经常赋予蝴蝶心理上的意义。开放大学（The Open University）曾用蝴蝶图片来装饰宣传册，含义是：没错，你也可以蜕变成一个成熟闪亮的生物。

当我在四周野花盛开的麦田里写这篇文章时，一只加勒白眼蝶闪烁而过，立刻让风景充满了灵魂和美，翅膀上的图案像是透过冬天光秃秃的交错枝条看到的满月。约翰·雷曾假设蝴蝶的终极目标是"装饰世界，愉悦人的眼睛"。他说得肯定没错。

麦秸垛是纸糊的房子。一夜恶毒的风把一半麦秸垛吹倒了。早晨我试着把它们复位，但刚竖起来，风又故意捣乱。

地面上的麦秸是不会干透的。一只喜鹊掠过田地，发出死前呻吟一般的叫声。

第五章 人鼠之间
Of Men and Harvest Mice

汗冲洗着我的脸,我在树篱下的浓荫下瘫坐。琉璃繁缕血滴一般的花心,和我被麦秸扎伤的手倒是挺配。

一丛俗称"牧羊人的钱袋"的野荠菜,在伸手可及的地方,种子结荚了,在阳光下,的确像是女士钱袋里的小硬币。野荠菜也叫"妈妈的心",因为袋状的荚也可说是心形的。以前乡下孩子试图从茎上把荚摘下来,但又不想让荚裂开,结果种子往往会蹦出来,孩子们会喊道:"总有一天你会伤妈妈的心。"

8月29日 弗林德斯。柔和的夜空,像是被轻轻抚平还带着褶的粉红棉布。

我在两座围场之间的篱笆上做了一些"小门",野兔目前已有八只,能在三块地里奔跑。有两只是弗林德斯母兔的孩子,在麦茬间一动不动。母兔从麦茬里抽身,到田边吃了点苦苣菜。不跑的时候,野兔通常显得笨拙。

弗林德斯的野兔说不上紧密团结,但也不会单独行动。

狐狸忽略了他们,因为他对化学兄弟树篱下的兔子群更感兴趣。

正如杰克·埃文斯指出的,如果是在二十年前,我的野兔早就被人炖在锅里了。如今除了伯明翰的混混们炖鹿肉,再也没有人炖东西吃了。廉价食品的意外后果之一是让人们觉得花工夫和时间炖东西太不值。

杰克和我一样享受观看野兔，弗林德斯是他散步的终点。"到了你这里以后，"他说，"其他地方就没什么可看了，那些该死的拖拉机转弯时飕飕作响，几乎要把人撞倒。"

但是观看野兔让人心情舒畅，甚至能给人慰藉。

威廉·柯珀把野兔当宠物养，当作治疗躁狂抑郁症的良药。一只取名"猫咪"的野兔活了十一岁十一个月，最终"老死"。

  猫咪渐渐熟悉我之后，会跳到我的腿上，后腿撑着站起来，把我鬓角的头发咬住。他会让我把他抱起来，搂在怀里，还不止一次在我膝上睡着。他病了三天，期间我照顾他，远离同伴，不让他们来骚扰他（因为和许多其他野生动物一样，他们会迫害生病的成员）。在我持续的护理下，同时尝试给他用多种药草，最后他完全康复了。我这位康复后的病人很懂得，最明显的表达方式是舔我的手，先是手背，然后是手掌，然后舔每一根手指，然后是手指中间部分，好像急于把每一部分都舔干净似的。他后来不再表演这一仪式了，除了在一次类似的情况下。我发现他非常温顺，早饭后带他到花园里变成了我日常生活一部分。

第五章 人鼠之间
Of Men and Harvest Mice

他一般会躲在黄瓜藤的叶子下面,睡觉或是反刍,直到晚上,藤叶也是他喜欢的饭食。没过多久我就让他习惯了这种自由的滋味。他盼望享受这段时光,会有点不耐烦,敲打我的膝盖邀请我去花园,那副表情啊,一看就知道他想要什么。如果这一套没有立即奏效,他会用牙齿咬我外套的下摆。因此可以说,猫咪已经完全被驯服,天生的羞怯被消除了。总的来说,他在与人为伴时比被他同伴拒绝为伍时更快乐,这一点可以从许多迹象中看出来,但因篇幅所限,我无法一一列出。

田地四周的野花间,一柱矢车菊在胖黄蜂的重压下弯了腰。听听蜜蜂的嗡嗡声吧。蜜蜂忙活自己的事,永远不会悲伤。"忙碌的蜜蜂没有时间悲伤。"威廉·布莱克写道。和一般人以为的不一样,嗡嗡声代表满足,类似于猫发出呼噜呼噜的喉音。

一只橘黄色的蜘蛛爬上逃过了割刀的麦秸,试图用蛛网捕捉最后一道阳光。

我坐在麦茬地的角落,动物不介意我,即便那只疲惫不堪的雌乌鸫也不介意,她嘴里叼着一条虫子飞向树篱,那里有她今年生的最后一窝小鸟。

夕阳闪耀着喜悦的光芒。

秃鼻鸦坐在麦秸垛上拉扯着麦穗,即便是这样,也没有破坏这片风景的恩赐。

麦茬中的死亡(一)

收获(harvest)这个词来自古英语haerfest,意为"秋天",也传达出一种"空气中弥漫着悠闲感,工作结束了"的感觉。

对此,我的解释是:长腿盲蛛在田地里开始杀戮事业。

虽然盲蛛看起来像蜘蛛,但不是蜘蛛。近距离观察,他不像蜘蛛那样拥有腰部,把身体分成两个不同部分,不用毒牙驱赶猎物,也不织网。相反,盲蛛用高跷一样的腿搜捕昆虫,用钳子一样的触须抓住昆虫,正如眼前这只5毫米水滴大的褐色盲蛛对付一只白色小天蛾那样。

天蛾拍着翅膀想逃走,但盲蛛在它背上,把它压死了。进食时,盲蛛的下颚像是有节拍器控制的活塞,一点也没有品味和乐趣。

大多数盲蛛会以卵的形式渡过寒冷的冬天,直到夏末收获时才成熟,所以这种蛛形纲动物被人称作"收获者"。

麦茬中的幸存

弗林德斯四周的野花中藏着一只胖乎乎的元老蟾蜍。蟾蜍在野外可活二十年,能够按照当地的土壤来改变癞皮的色泽。因此。这只蟾王的背部是泥浆的棕色,与他身下的黏土一样。

他等啊等。然后,一只盲蛛,也许是刚杀死蛾子的那只,沿着麦茬边缘疾走,经过麦秸……蟾蜍伸出舌头,粘住盲蛛的一条腿。然而,盲蛛暗藏着一个神奇的生存伎俩。

盲蛛有可脱卸的四肢。丢掉被困的腿,盲蛛继续前行,开始新的一天。

麦茬中的死亡(二)

尽管阳光明媚,但野花丛下面潮湿阴暗,足以让蛞蝓滑行。蜗牛因为背负着房子而免遭人的厌恶,但蛞蝓整个都是黏质物(一种腺体分泌物,防止自己干枯并帮助它滑下人的喉咙;在中世纪,人们靠生吞蛞蝓来治疗结核病,和着牛奶一起吞下,以消除溃疡)。蛞蝓触角上的嗅觉器官能够探测到几英尺外的猎物。

一只黑色蛞蝓好像闻到某种气味，拉长了无壳的身体，把头伸进土壤的裂隙，拽出一条红色的细虫。

这三起事件发生在十分钟的跨度内，都在我伸手可及的距离内，当时我正在吃午饭。

小嘴乌鸦飞过，咔咔叫了三声，回响在收割完的田地上。

我的忏悔：80年代，我曾在赫里福德郡偷猎，我知道其中的刺激——在别人的土地上追踪猎物、杀戮带来的满足感、离开时猫头鹰每叫一声都会吓人的那一跳。

鳟鱼游入拉格河（River Lugg），我在架夜钓线的时候被抓住了。请注意，英国西部农村的每个人都偷猎。住在黄杨木乡村别墅的贾尔斯小姐会开一辆绿色奥斯汀马克西车，这位上层阶级的老小姐手头有点紧，她把雉鸡赶到车道上，然后爬进车冲向它们，开心得眼睛都发亮了，汽车商做梦也想不到他们造出来的车会派上这用场；送牛奶的汤姆有一把赛特斯折叠410号径猎枪，他把这把偷猎者的经典武器放在前排车座上，如果看到什么值得放进锅里的东西，他就把前窗摇下来开枪。这是乡村版的驾车枪击案。

第五章 人鼠之间
Of Men and Harvest Mice

我违反了《圣经》十诫第八条,处罚是在皇冠&金锚酒吧给管渔猎的先生买2及耳[1]威士忌。和猎场看守人、农夫一样,佩因特先生对小打小闹的偷猎者通常持有善意的看法。

我们村里有一位专上夜班的绅士,"偷猎者珀西"。他什么都偷,新来的居民会发现花园里的树被砍,珀西则在他的小屋里烧着火,暖和得很。有一次他被指控醉酒驾马车(horse and trap)偷东西,因技术性细节问题被判无罪,因为他高兴地向地方法官指出,他的多利是pony(幼驹),不是horse(马)。

9月1日 弗林德斯。我在两个围场割草,虽然在四周留了一大片草,但围场的野兔还是搬到了弗林德斯,这是三个月来野兔的第一次大规模迁徙。

弗林德斯的母兔又生了两只小兔。现在,有十只野兔藏在田地三米宽毗邻围场的边缘,每只都背对着铁丝网栅栏。野兔不傻,知道狐狸不可能穿过篱笆,危险在前方,在开阔的田野间。

---

[1] 液量单位,1及耳为568毫升。

收割三周后，我去弗林德斯见罗勃·普赖尔，因为我事先安排他用拖车把麦子运走。他觉得两辆拖车就够，我告诉他需要三辆。

他来了后看着一堆堆麦子说："我没想到你收成这么多。你说得没错，我们需要三辆拖车。"他还安排了两个十几岁的侄子来帮忙搬麦堆（这又是一样让人"断腰"的活儿）。

我们决定星期一搬运。

星期天，我从马上摔下来了。从马上摔下来只有两种情况会有好结局：很年轻或是喝得烂醉。但两者我都不符合。我伤了手，勉强能开车，但搬不了麦捆。

　　留意那白日里的美
　　眺望金色的麦田
　　欣赏美丽的花朵
　　和她们甜美的味道

第五章 人鼠之间
Of Men and Harvest Mice

> 赞美造物主,讲述
>
> 他伟大力量的标志
>
> ——汤姆斯·特拉赫恩(1636—1674),《世纪冥想》

我被迫休息,前往赫里福德大教堂参观。我早就想来看看里面新装的用来纪念特拉赫恩的彩色玻璃窗。特拉赫恩是17世纪的神学家和诗人,也是土生土长的当地人。看着窗户,读着印着他格言的小册子,我对其中的泛神论感到震惊。这风景是上帝的躯体:"我们如何能够了解啊,而世界就是那躯体;神用其显现他的美。"(《世纪冥想》)

特拉赫恩会从他所遇的一切事物体会出启示,他认为忽视自然之美的人是"死去的塑像",而那些采集自然之美的人则获得了满足:

> 像奔忙的蜜蜂一般飞到外面,
>
> 在树篱和树木之间,
>
> 收集每一朵花、每一片叶子上的露水,
>
> 直到装满我们的心灵,
>
> 就像蜜蜂装满自己的股间。

今天我杀了"小鹿斑比"。我们的朋友安妮在农场养鹿，她让我在她不在的时候去看看。

我到的时候，一只小鹿背断了，趴在凤尾草中。小可怜眼神天真，试着用前腿拖动自己，但后半部身体像沉重的锚。我能做的唯一的事情，就是用12膛径的猎枪朝它头上开一枪。枪声在山谷里回荡，惊起小山上的雉鸡，引来疯狂地"叩叩"叫声，空气中弥漫着呛人的火药味。

夜幕降临时我回家，在弗林德斯停留了一会儿。

一只年轻的茶隼——跟它棕色条纹的母亲很像——正在田地上奔跑，接着飞到电话线上栖息。一只灰斑鸠在旁边陪伴它。

突然，茶隼直飞下来，盘旋着，急冲着接近猎物，挥动爪子。

忽而又飞升到空中，带着羞辱快速离开。

野兔击败了隼。

斑尾林鸽因为筑巢晚而名声不佳。在林中的山毛榉上，一只斑尾林鸽在不结实的巢里蹲坐在白瓷一般的蛋上。她的伴侣正在唱歌，亲切而宽容的咕咕声穿过麦茬和麦堆。

直至9月28日我们才在弗林德斯搬运麦捆。这是满月的前一夜，因此我们可以在太阳"正式"落山之后干活儿。落

第五章 人鼠之间
Of Men and Harvest Mice

日的余晖和攀升的月光交汇，我们干到晚上9点才离开。罗勃和他的侄子走在前面，我随后，护送麦捆。

卸下来很简单，只需倾斜拖车，让麦捆滚到院子里。

猪和老鼠看到车轮子送来这么多食物会很开心，所以我把梗犬的犬舍安放在了麦堆旁。

终于搞定了。

用传统方法耕作的一年：玉米是植物中的鸭嘴兽，由其他植物巧妙拼凑而成——红树一般的根；竹子般高高的茎；穗状花序已经不像花，更像道具店里的假发；风起时，玉米像是疯狂的人群，把手伸向空中！

玉米在十月至十一月收获，此时淀粉含量很高。

10月21日，收割宽度很大的饲料收割机开进来，切碎的玉米从管子里喷出来，呈灰绿色，落进拖车里。

10月25日，耙地。

10月27日，冬小麦播种。

11月6日，这块地已经隐隐泛出绿意。

土地是闲不下来的。

8月31日　弗林德斯。干燥的罂粟子房像是瓮,和孩子的玩具那样嘎嘎响。风吹动,子房晃动,五万颗黑色的种子胡椒粉一般被晃了出来。

一只乌鸫在麦茬地的薄雾中歌唱。

山上传来洪亮的钟声,为"丰收节"祝祷,薄雾中的教堂尖顶似乎带着点责备的意思。

铁锈永不眠[1],农活也一样。喂牲畜,清理牲畜,让牲畜睡觉,它们吃喝拉屎,我则像是奴隶。这些事重复不休。

在一个漆黑的夜晚,我给罗斯(Ross)的一位顾客送冻羊腿,回家路上,我终于可以去弗林德斯旁边的围场去查看羊群。

渐紧的风一会儿把我裹住,一会儿又把我整个人吹散。

羊的眼睛像一对绿翡翠,目光如炬。感谢上帝,一切都

---

1 原文为:Rust never sleeps, farming never stops. 或是作者对著名歌手尼尔·杨发行于1979年的专辑Rust Never Sleeps的致敬,以表达自己对农事繁忙劳累的小小抱怨,以及不停耕耘的愿望。

第五章 人鼠之间
Of Men and Harvest Mice

很好。看来没有羊失踪,也没有羊死亡,因为羊一生中最诚挚的愿望就是死亡。

我回头向车走去时,风停了片刻,我听到一只狗在树林里叫。

肯定不是狐狸,是一只家养的狗,爱叫的那种。

上个星期在池塘农场的田里,有只疲惫的流浪狗追着羊跑来跑去。

我走进风很大的林子,去寻找那只恶狗,手电筒照在树干上,活着的树站得笔直,有的树已经死去倒下。但我没看到狗。

林子正中央有一片黏脚的泥沼,春天时开满金凤花,我站在那里,手电灯泡爆了。我陷入黑暗,整个人被困在创世之前的混乱中。

我什么也看不见。我不害怕,我喜欢黑暗,但我很想从林中出来,越快越好,我不想受伤。随即我开始不安。

整个夏天,我曾有一两次倾听林间的沙沙风声。(在书中,风总是发出沙沙的声音。)现在,我身处比预想更糟的情况之下,我把自己困在了树林中。这考验了我的知识。

我记得:风吹过落叶松是一种过细筛子般的喷气机轰鸣声,橡树中的风像是晃动铝箔纸,山毛榉树梢的风是银币"吧嗒吧嗒"落下的音乐。

我知道，如果往山上走，落叶松在左边，我就能找到橡树连接山毛榉的地方，然后沿着那条将林子一分为二的路一直走出去。

现在，我离那条路大约有50码，如果看得见，又没有障碍的话，要走一分钟。

我慢慢向前移动，落叶松的声音在我左边。我左手拿着一根树枝，像盲人那样轻敲，右手像马克思主义者敬礼那样紧握着手电举在前面，防止树枝抽打我的脸。

树发出吱吱嘎嘎的声音。整个世界只剩下了我的动作和声音。

经过五分钟左右的跌跌撞撞，我听到了橡树那晃动铝箔纸的声音。此外我还有一个向导——风吹过橡树落叶那发霉的辛辣味儿，像鼻烟一样击中鼻腔。

我走了出去。坐在车上，可以看到欧卡普山上小屋里的灯光。

穿过围场进入弗林德斯时，我如释重负，平静下来。我突然想到，新石器时代的农夫征服了原始森林后，在用于耕作、为他所掌控的土地上，一定也感受到了同样的平和与快乐。最后，人类终于走出原始森林，步入农田。

第六章 土地的转向

从播种到收割,麦田就像古老的寺院一样,
不断地施舍救济,
只是农田的施舍没有面包那样的硬皮,
是免费而慷慨的赏赐。

——理查德·杰里弗斯,
《麦田散步》(*Walks in the Wheatfield*)

脱粒连枷是一种把谷粒从外壳分离出来的古老工具，由两根木头组成。一根是手柄，另一根是击打棍，用皮条连接。手柄是一根轻木杆，几英尺长，击打棍则较短。一个人用连枷一天可以打7蒲式耳小麦、8蒲式耳黑麦、15蒲式耳大麦、18蒲式耳燕麦（一蒲式耳约为35升）。19世纪中叶机械脱粒机普及之前，连枷击打一直是主要的脱粒方法。

我本来以为我会去尝试手动脱粒，然后用麦子自制面包。

尽管制作连枷很容易，我还是去买了一个。

正如我之前所说，你可以在易趣网上购买任何东西。我花了25美元从美国买了个用于小麦脱粒的木质连枷，卖主当天发货，网站上的描述为"稀有古董，用于小麦脱粒的木质连枷，原始的打谷农具，乡村风味的装饰品"。

打谷的时刻到了，我在谷仓的石地上铺一大块防水布，放上几捆麦子，连续击打。我很快发现，诀窍是把连枷手柄近乎水平地放在体侧，这样"打禾棍"（头部）就像酷刑用的死亡轮一样旋转。如果站着垂直向下击打，连枷收回来时会砸得你很痛。

我从中了解到，农用连枷在中世纪变成战争的武器有其原因。

手动脱粒可行。句号。麦子遭击打后被抛到空中（风选），微风把较轻的麦壳吹走，麦粒掉到地上。收起的麦粒装满了三个袋子，我兴奋地把手伸进其中一个袋子里，胳膊肘埋在麦子里。接着我抓起一把松开手，麦子像金色的溪流一般流回到袋子中。

和许多传统农业的活计一样，脱粒是项艰苦的工作。农业机械化使人们摆脱了这种苦役，但实际上只是成为了工厂和磨坊中机器的奴隶。

在田里，打谷是人们想干的活，因为打谷是在沉闷的冬天。

我从来没有打算用小麦做面包，而是用来喂牛羊猪鸡。

第六章 土地的转向
The Turn of the Earth

为牲畜打谷和碾麦,我每天只需要花五分钟。我把当天所需的麦束放在谷仓的地上,然后用拖拉机带着滚筒碾过去。谷物破裂后更容易被牲畜消化。

滚筒重约620千克,干完后我捡起麦秆扔进牛的饲料器中,剩下的给猪、羊和鸡,要么什么也不加,要么视情况与浓缩饲料混在一起。

有时为了逗鸡开心,我把麦束倒挂在围场里,让它们啄下一颗颗谷物。

粗略计算,弗林德斯产出了20吨谷物(每英亩5吨)。我本可以在不对野生动物造成太大伤害的前提下,通过采用更为明智的播种方式、更好地控制"野草"来提高亩产量。但我的真正目的,保护性措施的真正益处,实则在于耕地四周的野花,以及收获后留下谷物和种子让鸟兽采集。

有关农业的众多谬见之一是"常规农业的效率远比有机农业高"。其实恰恰相反。据《自然》杂志2000年报道,中国科学家进行了有史以来最大的农业试验之一,他们把现代水稻种植的主要方法(种植单一高科技品种)与很久以前的种植方法(在一块田里同时种植几种水稻)进行对比,发现旧方法增加了产量,而且真菌引起的稻瘟病减少了94%。混合种植的农民可以停止使用农药,同时增加18%的大米产量。

《自然》杂志1998年还报道，有机玉米的产量与使用化肥和农药杀虫剂的玉米相同，但是有机田的土壤质量显著改善。赫特福德郡也曾做过类似试验，过去150年中用粪肥的小麦的产量，比用化肥的小麦产量高。

种植和碾磨非转基因无化学小麦，让我从每吨牲畜饲料中节省了30英镑。

而弗林德斯救助的动物、鸟类和蜜蜂，其价值又是多少？

9月15日 我运送一小群羊去弗林德斯的围场吃草。

椋鸟有点焦躁不安，像是一群群在购物中心漫无目的闲荡吵嚷的青少年，飞到电线上唱起歌，又觉得不够高，接着飞到桤树上。

一只马蜂巡航般飞过，它是黄蜂家族较为传统的一员。

苍头燕雀在田地四周安静地进食，走动时似乎在点头。它们头不动，眼睛盯着食物，身体先向前移，然后移动头部来赶上身体。今年冬天，苍头燕雀们不会走到离弗林德斯太远的地方。

第六章　土地的转向
The Turn of the Earth

9月21日　燕子聚集在池塘农场的谷仓屋顶上。弗林德斯周围的田地里，犁和播种机再次忙碌，播下冬小麦和大麦。

土地没有休息。

寒鸦在天空中戏耍，随后像铅块一般坠落。

10月1日　早上只有3℃，有些霜冻，但到中午很暖和，我穿着长袖衬衫。

一个美好的秋天清晨应该像一瓶美酒：香气复杂多层，包含腐叶的甘草味，树篱中果子的尖酸，还有公羊的麝香味和青贮饲料那令人垂涎的腌菜味道。

弗林德斯还有三只黄鹀，色泽明亮，在棕色的麻雀和苍白的麦茬之间很显眼。

长腿叔叔蜘蛛从围场迁徙到弗林德斯，一只被一簇野荠菜缠住了。由于种荚的形状，野荠菜被叫作"牧羊人的钱袋"。种荚现已成形，像个一头收紧的小袋子。

这一天黄蜂们很猖獗，向长腿叔叔蜘蛛发动攻击，扯断它薄而透明的翅膀,最后,其中一只黄蜂运走了蜘蛛。

长腿叔叔蜘蛛将成为无数小黄蜂的一顿饭。

金冠戴菊鸟制造了树篱上的一小片噪音,"吱吱吱",像是珠宝盒铰链发出的声音。三只雌雉鸡飞跑进去,如此之小,我还以为是鹌鸟。

老调重弹:"哦,把农活和写作结合起来真是太好了。用手又用头,贯通一体。"

两者其实不相配。根据墨菲法则,每个交稿日,每个参加文学活动的日子,都必然会发生动物造成的事故。最糟糕的时刻发生在《泰晤士报》文学节期间,羊从租来的地里逃跑了。潘妮不得不来接我,我忘了让她把那套蓝色夹克配牛仔裤的作家服带来,只能穿着连裤工装和雨靴来到达切尔滕纳姆。然后出来了超现实主义的一幕:我穿着这身和亨利·温克勒(也就是方奇!)[1]站在一起,在休息室排队喝茶。天哪!

文学节上有个人,出于完全可以理解的理由,误认为我是个维修工,问我是否能看一下男厕所里漏水的水管。一个性感的年轻女郎在这里实习,拿着剪贴板,让我去搬电缆。

---

[1] Henry Winkler,美国演员,方奇是他在情景喜剧《快乐的日子》中饰演的角色。

第六章 土地的转向
The Turn of the Earth

这样不停被人安排差使的我也许可以换个职业，做个靠双手吃饭的人。

还有一起事件：我计划在纳茨福德（Knutsford）发表演讲的那天，一只母猪决定早产。当完助产士，我飞车赶往柴郡。到纳茨福德时，我发现拐角一家店出售迈凯轮跑车。周围满是妻友团，她们都是文学节上可爱的人。有人问了我一个避免不了的问题："自然写作要如何起步？"我给出了唯一合情合理的回答："到外面去，待在那里。"

然后丽兹主席把我介绍给了雷·拉什，一个弯腰驼背的八旬老人，退休农民（据说"在当地略有名声"）。丽兹要我务必去看看雷的麦秸多利[1]。我期望值不高，开车跟着他们来到西丁顿教堂，那里正在展出雷的麦秸多利。

这是个建于维多利亚时代的黑白都铎式教堂，外观奇特，像装饰性建筑。雷的农场在隔壁。教堂的门廊上用红花菜豆拼写着"欢迎"。在这个收获季节，这里满是实实在在的水果和蔬菜，形状有趣，上面沾着灰土，都是正当其时的收成。

我打开教堂的门，看到了世界第八大奇迹。里面有一千个雷做的麦秸多利、时钟、十字架、乌鸦、花、几何图案、人，

---

[1] corn dolly，用麦秸做成的各种形状的工艺品，是欧洲收割习俗的一部分。

摆得到处都是。每年，雷都会把它们一个个放上去、拿下来。

雷带我到他隔壁的农场，参观他的工作间。做这些麦秸多利要用一种叫"马里斯·维根"（Maris Wigeon）的特殊麦秸，猫被他放进来捉老鼠，显得很高兴。走回车时，他指着旧牛棚说："那是以前我们给三十头泽西牛挤奶的地方。"

三十年前，一个男人或一个女人可以靠三十头奶牛过上不错的日子。

丽兹偷偷买了一个雷的麦秸多利，在我进车时送给我作为礼物。如果你想重拾信仰，就在收获节的时候去西丁顿教堂吧。

开车回家时我在思考：现在谁还在做麦秸多利？我祖母以前做，雷仍然在做，但除此之外，还有谁在做？

关于麦秸多利有一点论述：dolly（有"玩具娃娃"之意）可能是idol（崇拜物）的变体，或者源自希腊语Edidoon，意为幽灵。

在基督教传入欧洲之前很久，人们相信谷物精灵生存于作物之中，她躲在最后一捆待收割的谷物里。为了给精灵一个避难所，收割者把最后的麦秸编织成一个女人的模样，或者一个几何形状的笼子，然后把这个精灵的象征带回农庄，冬天的时候挂在墙上。来年春天，麦秸多利被带到田里，犁入当季的第一道沟中。

这种谷物精灵的基本仪式变化多样。在苏格兰的一些地方，最后割的谷物是"老妇人"（凯里奇女巫，Cailleach），编成麦秸多利后，在春耕时喂给马吃掉。在苏格兰的另外一些地方和英格兰北部的仪式里，收割者会蒙着眼睛，欢快地用镰刀把最后的谷物割掉，然后将其装扮成一个娃娃。麦秸多利既代表着繁衍，也是带来好运的精灵。北彭布鲁克郡的收割者也把割下最后一株麦子当作充满欢乐而又意义重大的仪式，在场的所有收割者都挥舞镰刀，割到最后一株的人会获得一罐自制麦芽啤酒。然后，将割下的麦秸打扮成一个"老巫婆"带回农舍。在德文郡和康沃尔郡，人们把一束麦穗做成"脖子"（实际上，抓在手里的麦穗更像是穿裙子的女人），成为"喊脖子"（crying the neck）这种喧闹仪式的主题。1836年民俗学家威廉·霍恩亲眼看到后写道：

> 一个老人或者一个通晓这种场合（农人收割最后一片麦田时）下的仪式的人走到禾束堆，挑出一小束他能找到的最好的麦穗，非常整齐地弄成一捆，很讲究地编扎起来，叫作小麦的"脖子"，或麦耳朵。这片麦田收割完，苹果酒罐又传过一遍，收割的人、打捆的人和女人们围成一个圈。双手抓着"脖子"的人站在中间，弯下腰，把"脖子"放低接近地面。围成一圈的所有的人都脱下帽子弯下腰，双手捧着帽子放低到近地面。然后，他们以一种拉得很长的和谐的调子喊"脖子！"，同时慢慢直起身来，把前臂和帽子举过头顶，手持"脖子"的人也高举起来。如此这般重复三次。然后他们改喊"微因！微因！"，和之前拉长的、和谐的调子一样，也重复三次。最后一次呼喊伴随着与喊"脖子"相同的身体和手臂动作。
>
> 重复三遍"脖子"和"微因"后，大家都放声大笑，把帽子扔向空中，蹦蹦跳跳，也许还要亲吻姑娘。其中

一人拿着"脖子",朝农舍飞奔而去,年轻的奶牛场女工,或者年轻女仆,拿了一桶水站在门口。如果拿着"脖子"的人能用别人难以察觉的方法,或者堂而皇之地不通过那姑娘把守的那道门,进入农舍,他可以合法地亲吻那个姑娘。如果做不到,他通常会被那桶水浇个通透。

在晴朗宁静的秋夜,听远处"喊脖子"有种奇妙的效应。拜伦勋爵曾高度赞美土耳其牧歌,认为其比基督教世界所有的钟声都要好,"喊脖子"则更在牧歌之上。我曾听过一两次二十多个人的呼喊,有时差不多数量的女性也会加入一起喊。大约三年前,在某些地势较高的地方,我曾在一个晚上听了六七次"喊脖子",有些远在四英里之外,穿越很长的距离,从傍晚安静的空气中传到我的耳朵里。但我觉得这种仪式近来已经开始衰落,许多农夫和为他们做工的人并不在乎这种古老的习俗。

人类学家詹姆斯·乔治·弗雷泽在《金枝》一书中指出,麦秸多利不管怎么变化,都属于石器时代的原始仪式,因为"没有教士"参与。这种仪式是公共的,任何人都可以在任何地方表演,它是巫术,而非安抚。丰收是通过影响自然才能获得的,而不是祭祀或恳求神灵。

19世纪，农业机械化开始摧毁麦秸多利，尽管巫术的痕迹顽固地持续着。1911年诺森伯兰郡，当最后一捆麦子被收割时，收割者宣布他们"收获了最后的麦子"。那一捆套着白色长裙的谷粒被挂在柱子上，"主持"丰收晚餐。20世纪30年代，有人在德文郡也看到了"喊脖子"的仪式。

现代收割方式不再产生制作麦秸多利的麦束，因为麦子在联合收割机里的时候已遭破坏。而且当今的麦粒太厚实、太短，不适合做麦秸装饰工艺品。

我把雷做的麦秸多利挂在墙上。它好可爱，我绝不会在春天为了激活土地而把它拆碎。

10月16日　大风没能吹倒路边的树篱，因为树篱的枝条缠在一起，如同手臂相扣的抗议者，面对防暴警察，坚守阵地。

落叶旋转着飞过弗林德斯。

第二天下雨，蚯蚓把叶子带到土里，滋养土地。

第六章 土地的转向
The Turn of the Earth

10月24日 夜间活动的白眉歌鸫晚上来到弗林德斯。如果说燕子是夏天来临的信号,那么白眉歌鸫则预示着冬天的到来。

十只白眉歌鸫试图在弗林德斯采食,但风对这些小鸟来说太强了。它们反复抗争,最后还是被吹进林子里。

斑尾林鸽的身体像艘重船,仍然停泊在弗林德斯的土地上。

风吹着最后的野花,仿佛吹着蜡烛,唯有罂粟花还在熊熊燃烧。

10月26日 尽管树篱之前被修剪得像郊区的女贞那样齐整,但还是结出了山楂、野蔷薇果和野李。

白眉歌鸫正在争夺山楂树的浆果,口红花亲吻着蓝天。

弗林德斯的鸟儿一秒之内的快照：秃鼻鸦、麻雀、苍头燕雀、红腿鹧鸪，蓟上的年轻的金翅雀带着过去一年长出的分量向我鞠着躬。

来自英国北部或北欧的十几只苍头燕雀加入了弗林德斯的本地居民，我怀疑对弗林德斯的鸟来说，这些移民从哪里来无关紧要，反正都是竞争对手。

10月27日 夜晚和土壤做成的磨石将黎明磨得粉碎。

我在检查羊群。弗林德斯如同凝聚了以往所有的昏暗，我穿行其中，有样白色东西吸引了我的目光。一只鹌鸟被杀死了，羽毛落在铁丝篱边角落的一个圆垫子上。

如果我是自然界的侦探，我会说这是一只雀鹰干的。

一些松垮疲倦的乌鸦飞过头顶，合乎时宜地沉默了一次。

霜在弗林德斯闪着光，寒鸦在空中玩着清晨的游戏。我看到麦茬地上不结冰的黑色圆斑，不知道是什么。

第六章 土地的转向
The Turn of the Earth

杰克·埃文斯出现在车道门口,向我招手,他在寒气中喘息。昨晚弗林德斯的麦茬上有一群田鸫飞来,"咕咕"飞落,在此栖息。

我希望我见过它们。

接着,空气中飘荡起金翅雀银铃般的叮当声,为田野添色,令我神往。

哦,十一月了,哥特式迷雾之月。在麦田的残茬中,一只雄雉鸡在雾气中来回穿梭,像一个玩捉迷藏的小丑。

今天早上白垩般的迷雾中,我在为一根新门柱挖洞。在白色迷雾遮蔽视线之前,我能看到大约三十码的田地。只有我和狗,还有中世纪般压抑的寂静、树篱底下的腐叶发出的教堂气味以及残茬间的野生动物。

水汽沾在麦茬间的蛛网上,钱蛛在下面守候,用细丝捆绑猎物。钱蛛自己常被生活在那里的白鹡鸰吃掉,那些年轻的鹡鸰长着法国童话剧中白面丑角的脸。约翰·克莱尔曾描绘白鹡鸰"嗤嗤傻笑,步履蹒跚",现代人看着像是在"扭臀劲舞"。

麦茬有一种不加修饰的极简主义美。顶端的尖利和土地的荒凉与冬天相宜,就像秋播的小麦,过了萨温节后便长得前所未有的又软又绿。

红腿鹧鸪匆匆跑过,踏上一条未知的旅程。视野边缘,一只年轻的兔子轻跳着跑过。伊迪丝嘴角流出一长串晶莹的唾沫。

一只林鼠顺着树篱钻到田里,在长着野花的田地四周采集种子。

一只知更鸟(当然在)忧郁地歌唱,保卫着自己的领地。这是除了我的铲子发出的"且且"声之外,唯一能打破冬日寂静的声音。

说实话,一个人困在11月的雾气中,我感觉毛骨悚然。我想,难怪在传统的日历上,11月2日,也就是今天,是万灵节。死者的鬼魂回到他们家里,空气中满是期待。

铲子劈开埋藏已久的红色黏土,像雕刻木头一样。坑洞四周被钢铲片弄得很光滑。随着铲子越挖越深,泥土的颜色从粉色变成维多利亚时代流行的草莓笨蛋[1]的颜色。

我的思绪飘荡。一个人挖坑的时候,还能干什么呢?我回想往年的11月。11月有圣马丁节,赫里福德郡的传统是

---

[1] strawberry fool,传统英式甜品,源自16世纪,由草莓、奶油、利口酒等原料制作而成。

第六章　土地的转向
The Turn of the Earth

杀猪，在农场烟囱里熏肉。

知更鸟飞到旁边，吃了一条蚯蚓，我的思绪被带回土地之上。一月我曾挖坑统计蚯蚓数，现在又这么做了——每个坑都有了更多的蚯蚓，七条左右，比上次多两条。

> 灰胡子寒鸦飞过，发出声响，
> 椋鸟嗖嗖而过，
> 暗如夜色中的土块。
> 百灵鸟如雷一般升起，鸣叫着四处飞荡，
> 最后降落，栖息于麦茬地上。
>
> ——约翰·克莱尔，《牧羊人月历》

11月3日　拂晓时，我来到田里，乌鸦不停地叫。

有一窝秋天出生的椋鸟，我观察了三天，场面一天比一天壮观。

起初找看不见它们，但是有一小群椋鸟突然从头顶猛冲下来，随后便一群接着一群，它们身披冬羽，从六个方向一起飞过来，接着在天空中同步打转。

椋鸟本身体重很轻，但数量太多时会带来破坏。1949年8月12日，大本钟分针上栖息的椋鸟让钟走慢了，引起BBC

电台听众的恐慌，因为他们期待准时听到大本钟的钟声。大概是在1967年，英国椋鸟数量达到峰值，估计有3700万只。它们被城市中心的温暖所吸引，一大群鸟聚集在伯明翰、曼彻斯特、利兹、纽卡斯尔、贝尔法斯特、利物浦、爱丁堡和格拉斯哥上空。议会试图用扩音器和闪光灯来阻止它们。格拉斯哥的市民则尝试用风笛。

如今，在农村看到秋天的椋鸟群更有可能，比如在这里。几分钟内，小群椋鸟从各个方向飞过来，总数增加到一百、五百、上千。"嘟嘟哝哝"（murmuration）的鸟叫声也越来越嘈杂，我喜欢这个漂亮的集合名词，拟声得很准确。据我所知，第一个 murmuration 或许出现在1486年的《圣奥尔本斯书》（The Book of St Albans）里。

一小群椋鸟闪闪发光，俯冲到我头上二三十英尺的地方，翅膀低语着永远不会告诉人类的秘密。它们的行动总是同步一致，从不碰撞，好像有一个看不见的指挥。它们仿佛一个生物，像一条烟龙。它们在空中拼凑成图案是为了迷惑鹰，还是仅仅为了好玩呢？

它们娱乐了我一刻钟，我努力寻找合适的比喻。嘟嘟哝哝让诗人沉思，克莱尔把天空中的椋鸟群比作"土块"。

它们给我带来了一刻钟的娱乐，我努力寻找合适的比喻。

第六章　土地的转向
The Turn of the Earth

"嘟嘟哝哝"令诗人沉思，约翰·克莱尔将天空中的椋鸟群比作"土块"。

椋鸟像树叶一样落入林中。

椋鸟的数量在四十年内下降了80%，现在处于濒危鸟类的名单上。尽管有人将其归因于集约化耕作和建筑的变化，但其衰落的原因还没有完全弄清楚。新建筑缺少椋鸟喜欢的隐蔽角落。古文物研究者约翰·奥布里（John Aubrey）认为，巨石阵的裂缝是德鲁伊教徒为他们的圣鸟刻出的石头巢穴。

第二天我走进林子，椋鸟栖息的落叶松被白色鸟粪覆盖着，像一场雪。氨味令人窒息，如果走到二十英尺之内，我肯定要犯恶心。

椋鸟在林中栖息了两星期后离开，留下痛苦的落叶松。

弗林德斯秋天的树篱长满了常春藤这种不请自来的荆棘。常春藤正在盛开，它的花语是忠贞。在所有花中，常春藤的花最不像花，令人难以察觉，但就像轻柔的音乐自有其趣一样，常春藤花的浅绿色调会给人带来愉悦。树篱的叶子几乎全落了，黄褐色的榛树在上方略为遮盖。无花果树也还有叶子。现在，我可以透过树篱，看到其中发生的一切，而在夏天，树篱遮蔽如后宫屏风一般。

我惊扰了一只胖如酒桶、准备冬眠的刺猬，它快步逃入树篱中，消失在常春藤覆盖的破落之地。老鼠从洞里出来，懒洋洋地爬上黑莓树，采摘最后的果子。回到地面上，老鼠像袋鼠一样跳跃，像住在树篱里的麻雀一样跳跃。据说麻雀由于过去犯下的罪行双腿被固定在一起——当年，刽子手要把基督钉在各各他山的十字架上，燕子带着钉子飞走了，但麻雀把钉子拿了回来放在锤下，钉子得以打入弥赛亚的手和脚中。作为惩罚，麻雀注定要跳跃。永远跳下去吧，阿门。

道旁树篱下的田边，风吹着草梢，空空荡荡。草有威灵顿长筒靴那么高，雌雉鸡和小鸡们跑过去。小孩子长得多快啊！树篱下野草丰美，有大猪草、蓟、峨参、酸模，还有一大群金翅雀。

无处不在的那二十只乌鸫呢？它们双腿轻跳，然后低头倾听地面，接着轻跳，低头倾听，不断重复这套动作。我们都有自己的宿命，自己的目的。乌鸫只在树篱附近活动，很少进入十码外的田里。弗林德斯麦茬地中心的五只白眉歌鸫，在白日里的温暖中闪着金光。

树篱是英国的标志。有一次，波兰朋友巴莎的母亲来此

第六章 土地的转向
The Turn of the Earth

造访，吃惊得张大了嘴。你肯定经历过替父母解释的尴尬场面——巴莎解释道，因为她看到了树篱。欧洲平原平滑得像是母亲[1]的脖颈，树篱很少见，事实上连树都很珍稀。

英格兰最初的树篱仅仅是开垦土地时留下来的丁点林地，当作邻居之间的边界。中世纪时，大部分农耕都是在相对开放的环境中进行的，直至1720—1840年的圈地法才让英国的树篱兴旺起来（是的，圈地并不全是坏事）。根据圈地法，土地所有者可以通过墙或树篱来划分共同土地，因此当时种下了大约20万英里长的树篱，山楂和黑刺李是标准用树。

从树篱上方看出去，一只小嘴乌鸦在车道上啄食被车撞死的獾的眼睛，这让小嘴乌鸦看到了希望。它降落在田地里，用土当餐巾纸擦着嘴，闪烁着可爱的幽默。

开始下毛毛雨了，或者可以说蒙蒙细雨。因纽特人有五十个形容雪的词，赫里福德郡人则有五十个形容雨的词。

我像东德边防队一样在树篱边巡逻，像法医一样搜查，寻找狐狸家族从铁丝网下面偷偷溜进弗林德斯的迹象。没有风，狐狸的臭味悬浮在潮湿的空气中。

三只喜鹊在黑刺李中搜索。一只在上面跳，两只并排走。

---

[1] 原文为matka，为波兰语的"母亲"。——译者

这种合作方式很聪明，但可能毫无结果。最后一窝小乌鸫一星期前已经飞走了，碗状的巢裸露着，填充着树篱已经为数不多的生机。

鸟类的团队合作不会持续很长时间。喜鹊容易兴奋，喜欢单独行动。阳光扫视着它们，通过观察我发现，那三只喜鹊兵分了三路。有一只待在田野里，向左走，向右跑，曲折前行，大概对自己古怪的行走方式有点厌倦，接着飞了30码，着陆，重新开始这套动作。它发现了一只蛴螬，用宽剑一样的嘴发动攻击。后来它飞走了，飞得比较低，上上下下，好像在一片看不见的海上随波浪起伏。

田地门口，一只年老的雄性苍头燕雀散着步，岁月流逝，还有移民入侵，但他身子骨还很硬朗。我们有个默契——我从家里带来了一些麦穗，是特别给他的，我只是不想让他唱歌。他不听，哼哼着歌高兴地离开了。苍头燕雀有地方口音，我很确定，他说的是本地"里福德郡话"，不发"赫"那个高音。

夜晚，月光洒在泥土的表皮上，同样的光也倾泻在水面上，甚至在沟渠中闪耀，十分浪漫。星星是黑色天幕中的

第六章　土地的转向
The Turn of the Earth

麦粒。寒冷会净化一切。那寒冷似乎来自剑齿虎时代。猫头鹰跳飞过地面，像扁平的卵石打出的水漂。

奇怪，围场对面，尽管草很多，马却在疯狂攻击树篱中的榆树，撕咬剥除树皮和外层树干，将榆树变成了黑暗中的白骨场。

理查德·杰里弗斯曾这样描写维多利亚时代的树篱：

> 犁的另一边，沿着树篱留下了一条窄窄的绿色，因为每次犁完一趟，马需要一些转弯的空间，无法犁得靠树篱再近些了。这条窄带上的杂草和野花都很茂盛。浅硫磺色的田芥菜散布在各处，也在麦子中，因为没有哪种清理方法能根除这种植物。田芥菜的种子会在泥土中停留，并保持很长时间的发芽能力，直到犁将它们带到离地面足够近。除非鸽子找到它们，否则它们肯定会发芽。这里也可能找到野生大蒜，有时会长在小麦中，给面包添上类似洋葱的味道。野生大蒜也生长在狭窄的车道两边，那里地势较低，白垩覆盖，车道的瓦砾上有很

深的车辙，在冬天显得很衰败。

这些地方靠近耕地，却未受干扰，最容易找到野花。在树篱边的细窄地带，在崎岖道路两边的碎石中，品种要比田野里更多。入季后，一种旋花的大白色铃状花朵会爬过山楂树，另一种条纹较浅的则沿着地面爬行。琉璃繁缕藏身在麦田边缘。麦田现在撒满了美丽的"蓝瓶"蝴蝶，那精致的色调在田野中最为迷人。当然还有大红罂粟和"鸡蛋黄油"花（多么奇怪的花名），前者花的中心为黑色，后者通常生长在地势较高的地方，在山脊上长得很好，只要附近有农田。

是丝绸，是火焰：状如猩红的杯子，边缘完美，在远处的野草中能看到，像是从天上祭坛上掉下来的一块燃烧的煤炭。

——约翰·拉斯金[1]，
《珀尔塞福涅：路边野花的研究》，1879—1886

11月11日，弗林德斯的最后一株罂粟于今天死去。

---

1 John Ruskin（1819—1900），英国作家、艺术家、哲学家、地质学家。

第六章　土地的转向
The Turn of the Earth

罂粟与人类的关系确定而漫长。罂粟生长在人翻土挖墓的地方，也生长在1914年至1918年"一战"期间炮声隆隆的西方战线。罂粟晚春时长出来，初夏花开四瓣。沉重的种荚压低花朵，细长椭圆的荚爆开时，数千黑色种子抛向风中，以保证来年长出更多，随即死去。

很久以前，罂粟就是代表死亡和记忆的植物。西班牙南部有一个叫"蝙蝠洞"的地方，1935年出土了罂粟壳化石，表明罂粟被放置在公元前4000年尼安德特人的坟墓中。在一堆骸骨中，编织的草篮里藏着罂粟的种荚和一束头发。罂粟花会在古希腊的葬礼上出现。珀尔塞福涅也戴着罂粟花，象征她囚禁于冥界时过着死人一般的生活。雅典城外会举行的一年一度的厄琉息斯秘仪[1]，起源于迈锡尼时代的农业崇拜。数以千计的公民会参加这一典礼，走近城镇时，两尊巨大的得墨忒尔雕像俯察典礼的发起人。得墨忒尔头上戴着一个装饰着罂粟和丰收象征物的篮子，庙宇四周雕刻着罂粟花。在20世纪70年代化学农业占统治地位之前，哪里有麦田，哪里就有罂粟花。

此刻，我折断罂粟的茎，乳白色的汁液慢慢流出来，像是白色的血。汁液含有丽春花碱，这是一种镇静剂，自古以

---

[1] 古希腊时期一个秘密教派的仪式，该教派崇拜得墨忒尔和珀尔塞福涅。

来就被用于医疗。罗马军队的随军医生迪奥科里斯在公元50至70年间撰写了《药物论》（*De Materia Medica*）一书，里面写道，罂粟是一种药，用三杯酒煮五六颗种荚，酒的体积煮到原来一半后，你就可以想让谁睡着就让谁睡着了。普通罂粟的白色汁液只有轻微的麻醉作用，但浪漫主义诗人们给鸦片注入了改变心灵的特质。在《致秋天》中，约翰·济慈将鸦片罂粟与普通的观赏罂粟混为了一谈："有时候，为罂粟花香所沉迷，倒卧在收割一半的田垄。"

新艺术运动盛行于1890到1910年间，是浪漫主义诗歌的外在形态。花卉植物的曲线花纹图样诉说着对天真无邪的前工业化时代的怀念，象征着从非人性的工业化中逃离。

佛兰德尔的田野里满是反讽。罂粟在"一战"时的西方战线长得好，是因为人血马血和人骨马骨都是好肥料，同时还有炸弹中的氮。战前，比利时的大部分土地十分贫瘠，无法大量生长罂粟花。陆军上尉詹姆斯·丘吉尔·邓恩是皇家威尔士燧发枪团的医务官，也是回忆录《步兵所知的战争》（*The War the Infantry Knew*）的作者。在索姆河战役前夕，他提到，他的"家乡诺福克郡田里的罂粟远比这里多"。尸体和炸弹造就了佛兰德尔的罂粟。

11月11日，我怀念死者，还有死去的土地。

第六章　土地的转向
The Turn of the Earth

回到家里，我用弗林德斯的麦粒和麦秸喂牛。

阴沉的天空下，麦秸的暖黄色振奋人心，金色的谷粒是一颗颗被捕获的阳光。

11月19日　弗林德斯。秋天如烈火一般，几乎完全吞噬了树篱的叶子。

地上至少有五十只斑尾林鸽。飞起来时那熟悉的声音，像是在抖床单，只是速度太慢。一只雀鹰在半空中飞翔，鹰爪下，斑尾林鸽羽毛四飞，雪花一般飘落到地上。

鸽子有360度视野，十分谨慎。薄雾笼罩着雀鹰，背叛了鸽子。

土壤→谷物→鸽子→雀鹰。不管是正推还是反推，我们都赖土地而生。

一日四季。雨、风、阳光、雪。雪下得很大，一片一片地砸着化学兄弟的树篱。鹩鸟躲在路边的树篱下，一条腿站着，像鼓起的球一样站成一排。

沟边的雪地混杂着灰土的污迹。我穿着威灵顿长筒靴，用脚轻轻拨弄刺猬的皮和尖刺（现在啥也没有，只剩刺猬了）。刺猬能找到每一种可食用的东西，简直是捕猎的奇迹。

温度持续低于10摄氏度，大多数刺猬已经进入冬眠。

这只刺猬有点不合时宜。

刺猬以聪明著称，在诗人之中颇有名声。9世纪时的中国诗人李贞白写道：

> 行似针毡动，
> 卧若栗球圆。
> 莫欺如此大，
> 谁敢便行拳。

古希腊抒情诗人阿尔基洛科（Archilochus）也赞同刺猬的不可侵犯，他写道："狐狸懂得许多事，但刺猬知道一件重要的事。"

刺猬六千根左右的刺具有保护作用，同时也是减震器——这有些奇怪。刺猬能爬上树，但不会爬下来。它卷成一个球，

第六章 土地的转向
The Turn of the Earth

落在地上不受伤,因为各种角度的刺起到了缓冲作用。

这是个聪明的办法,然而红狐更聪明。刺猬的尸体旁有好多狐爪痕迹。狐狸把卷成球的刺猬滚进沟里。为了不被淹死,刺猬放弃了装甲保护,把头交给狐狸。这就是命。

雪是出卖狐狸的叛徒,但却是我的朋友。傍晚,淡紫色的雪地上留下足迹,证明狐狸爬上了木场大门,闯入了弗林德斯。

天黑之前我赶回来,用带刺的铁丝缠绕大门顶部。

我扳回一局!

11月23日 家中,院子里。手电光晃动着,打在国际牌拖拉机的油管上。山谷中,溪边的某处,一声尖叫划破夜空。

一只兔子被狐狸逮住了。

这件事有点不寻常,让我紧张。我不知道这是不是一个征兆,或者是一个消息,从连接万物的卷须中传递过来。

我所知道的是,第二天早上,我怀着一颗沉重的、有所准备的心去弗林德斯。果然,一只野兔丧命于猎食者之口,很有可能是狐狸。狐狸的短跑能力一般,但作为蹑手蹑脚的伏击者倒是一流。

一缕棕色毛发被麦茬缠住，凑近观察，可以看到棕色中还有白色。这个冬天，那只耳朵有伤的老公兔也步入了生命的冬天。大自然里的野兔很少活过三岁。

野兔随着年龄的增长而变白，他们的唇裂（人们通常说"兔唇"）变得更明显了。

乌鸦在创作十一月的音乐。

12月3日　弗林德斯。今天，我的一天从早上6点半开始。夜晚的鸟和白天的鸟同时发出声音，像是数学集合论里部分重叠的圆圈。夜鸟是两只猫头鹰，最先出现在白天里的是两只乌鸦。

12月6日　冬日的阳光如同一把从天际直插到眼前的白刃剑。乌鸦在叫，声音毫无魅力，不假思索，像是死记硬背。

第六章 土地的转向
The Turn of the Earth

你可以把他带离故乡，但你不能把故乡从他身上剥离。[1]
我的音乐品位让我的家人感到绝望。我爱听英国古典乐，包括巴特沃斯（Butterworth）、沃恩·威廉姆斯（Vaughan Williams）、休伯特·帕里（Hubert Parry）、亨利·普赛尔（Henry Purcell）。我的继母教法语，我还喜欢法国男歌手夏尔·德内（Charles Trenet）、夏尔·阿兹纳弗（Charles Aznavour）和吉尔伯特·贝考（Gilbert Bécaud）。另外还有酷玩（好男孩的流行音乐），冲撞乐队（显而易见）……我对甜菜乐队（The Wurzels）情有独钟。

潘妮故意逗我，谈论起甜菜乐队："他们演出会来达尔斯顿吗？红砖巷？"

她的问题其实话里有话：甜菜乐队巡回演出的地点包括斯特劳德（Stroud）、马姆斯伯里（Malmesbury）、巴恩斯特珀尔（Barnstaple）、韦斯特沃德雀（Westward Ho）、达特茅斯（Dartmouth）、比尔里吉斯（Bere Regis）、埃克斯茅斯

---

[1] 一句歌词，源自20世纪中后期美国乡村歌手卡尔·帕金斯的 *You Can Take the Boy out of the Country*.

（Exmouth）、伍斯特（Worcester）、赛伦塞斯特（Cirencester）、布里斯托尔（Bristol）。

想来想去，我去科茨沃尔德的赛伦塞斯特可能不会太扎眼，我会做好伪装，不干活时，我会经常穿蓝色厚背心——赛伦塞斯特救生衣。[1]

可赛伦塞斯特的票已经卖完了，剩下的选择是布里斯托尔的"隧道"。当年我在布里斯托尔念研究生的时候，从没去过一家像"隧道"这样的俱乐部。这有些奇怪。

事实证明，我在布里斯托尔的"隧道"也没问题，因为观众都是萨默塞特郡人，过来消遣一个晚上，聊的也都是"我爱喝苹果酒""我弄了一台全新的联合收割机"[2]之类的话题。

我从没这么开心过，也可以说从没这么糟糕过。周围喝酒的人全是乡巴佬，从衬衫和口音里都能品出木头味儿。前面有些小年轻连舞都不会跳，只会醉醺醺地跟着晃。这帮人就像在参加青年农民俱乐部组织的一次远行，回去可以对人说：我去过，我玩过。

---

[1] 达尔斯顿是伦敦中心区之一，红砖巷是有名的"潮街"。而作者列举的甜菜乐队巡演地点，大多为风景优美的乡村风格市镇。赛伦塞斯特救生衣是一种乡村风格的衣服。此处作者是在用幽默的方式自嘲"老土"。
[2] 甜菜乐队有两首歌，歌名分别为：《我爱苹果酒》《联合收割机》。

第六章　土地的转向
The Turn of the Earth

当然，甜菜乐队曾在歌词里写下过流行音乐中最妙的讽刺："昨晚我驾着拖拉机经过你的干草堆。"[1]

Oo-ar-oo-ar-oo-ar.[2]

我们都玩得很开心，有一种乐趣，是让被隔离被遗忘的人在疯狂中解脱，吐露心声。

农村消失的诸多物种中也包括乡下人。当地所有的短工都是由东欧人在做，他们散居各处，住在农场的活动房屋里。温特斯克罗斯（Winters Cross）的便利店里没有英国啤酒，只有波兰啤酒。当地的农场工没地方住，只能住在温特斯克罗斯和赫里福德，坐车去田里干活。而几乎每个搬到乡下生活的人都是城市中产，他们早上出行的方向，与农场工正好相反。

甜菜乐队有两张专辑名字很有趣:《别理那些小公牛了》和《再装蒜一点，小公牛》。

20世纪80年代中期的一个冬天，大学寒假，我骑着川崎

---

[1] 这首歌戏仿了当时一首流行歌曲 Brand New Key，这首歌的第一句是：I rode my bicycle past your window last night.（昨晚我骑着自行车经过你的窗口。）
[2] Oo-ar，英国西部方言，是田间劳作时互相说话、回应的一种方式，在甜菜乐队的歌词中经常出现。

200摩托（本来是本田125）去坦伯里威尔斯（Tenbury Wells）看望外公外婆。

我路过塔尔博特酒吧，遇到了在前面停车场的家人——爸爸爹爹像猎鹰一样优雅，维耶拉格子衬衫、斜纹布裤子、绿色针织领带、随意插在裤兜里的一只手将风衣下摆一甩。他对面是他的女婿们和外孙们，眼睛闪亮，喝着啤酒或威士忌，都穿着格子外套，穿着粗革皮鞋的两只脚分开站立，两只手插在裤兜里，但大拇指露出来——这至关重要。

这大概是提姆塞德农业协会的圣诞午餐，或者类似的活动。

我没有停下。我家的人从事过很多职业，包括农民、猎场看守人、朝臣、农场工人、牧师（有很多）、议员、士兵、教师、城镇长官，但没有像我这样研究历史、从事完全非职业性工作的人。

我走了一条路，我的家人走了另一条路。

当时看来是这样。

几年后，我回到了家乡，所以实际上，记忆与离开并没有关系。（就像我常说的："你可以把他带离赫里福德……但是，不要带走太长时间。"我花了很多年才意识到这一点，记忆关乎的是我们所离开的那片土地。和旧时的记忆一样，

第六章　土地的转向
The Turn of the Earth

正是当时几乎没有注意到的背景细节，让我们确定了照片的拍摄日期，并将我们带回到无法触及的过去。

在塔尔博特的停车场上，路虎车的后盖敞开着，里面有一小堆猎物。我后来才知道，前一天我的一个表兄弟，带着他的可卡小猎犬，在基亚公园边邻居的农场打了几个小时猎。两个小时后，他收获了两只野兔、六只兔子、两对灰山鹑、几只斑尾林鸽、两只雄雉鸡、一只鹬、一只姬鹬、两只山鹬，一只鸻。他带着收获去了酒吧，当圣诞礼物分发给家人。

这些动物都不是人工饲养专供打猎的，它们只是生活在野外，在田地和树林中。

我觉得，现在东赫里福德郡或西伍斯特郡任何一座农场，你不可能打两小时猎收获如此种类繁多、大小不一的猎物。或者，即使农场能够提供这么多猎物，我怀疑你是否能心安理得地开枪，不为良心所困扰，担心猎杀野兔或鹬鸟会破坏当地生态圈。

12月13日　弗林德斯。银喉长尾山雀在野玫瑰丛中采摘，绵绵细雨没有让它停下来。野玫瑰的叶子落尽，像个挂着红色珠宝的金属丝架子，和邦德街的陈列商品一样品位高雅。

1582年格列高利十三世[1]改革历法前，冬至是12月13日，圣露西节[2]那一天。圣露西是个合适的姑娘，因为她的名字Lucy来源于拉丁语lux，意思是光。

弗林德斯裸露潮湿的土地上，蚯蚓躺在那里，缠结、交配，没羞没臊。林中，一只雌狐发出尖利的交配呼叫。隆冬12月，自然和基督教都许诺着新生。

12月14日　弗林德斯。晚上11点，起霜了。树篱中有沙沙声，干涸的地面像是能够放大声音的鼓皮，我脚下的声音听着像老鼠，其实只是一只小小的口鼻部突出的鼩鼱。可

1　Pope Gregory XIII（1502—1585），他在公元1582年改革历法，即今日的公历。
2　瑞典传统节日。12月13日被认为是一年中最长和最黑的夜晚，而随后夜晚开始缩短，白昼渐渐变长，因此这一天象征着光明，又称"迎光节"。

第六章　土地的转向
The Turn of the Earth

怜的鼩鼱总是忙个不停，不冬眠，只能通过无休止的进食来维持生命。不过它们确实有一个聪明的冬季生存窍门：整个体形实际上会缩小，维持生命的所需也就随之减少。

寒冷的空气中，A49公路虽远在十英里外，我还是能听到车声。一只狐狸的呜呜声在耳边回响，不是从平静的田野里传来的，而是来自欧卡普山的某处。

我把三十只赫布里底羊带进林子里。这种维京时代的绵羊体形小，有角，黑色，知道自己在林地里该做什么，既吃树叶也吃草。它们在这里吃黑莓灌木。黑莓应该是落叶植物，但又出奇地常绿。对自然界来说，黑莓很神奇。黑莓还很霸道，会把其他树"踩在脚下"。这是一种原产自英国、入侵性很强的物种，慢慢爬入草坪，碾压林地的野花，正在取代很多植物。

林地里的绵羊？猪以外的其他牲畜与树木没有关系——树林本是野生动物的家园，蓄养的动物虽然繁衍众多，却和树林无关，这堪称当代的一个自我实现谬论。我会把牛带进树林，有时也会把马带进去（除了那匹名叫泽巴的马，他来自阿根廷的潘帕斯草原，只去平坦开阔的地方）。牲畜们东碰西撞，到处乱翻，给林子带来生命力。如果牲畜是古老的本地品种，它们会发现很多食物，而食物的多样性也会让牲畜变得健康。无论是通过本能还是通过DNA传递的认识，动物都会寻找能够治疗自己的植物。过去，威尔士的农场间总是会有一个"凯斯贝蒂"（Cae Ysbyty）或"医院农场"，生病的动物放在那里，让它们找到治愈自己的方法。这确实有用。几年前，我们的小设得兰羊和康尼马拉羊玩耍时，被踢到胫部。设得兰羊径直走到柳林中，在接下来的24小时里剥下树皮和树叶吃下去。柳树含有水杨酸，是乙酰水杨酸（阿司匹林）的原料，具有止痛和消炎的作用。当然也有可能是因为小马知道自己的名字叫"柳树"，所以才跑去吃柳树皮柳树叶。

我推开门，月光落在林地上，投下落叶树的剪影。冬天，大自然的荒凉由两种对立色构成——黑与白。

沿着熠熠闪光的道路，在修剪过的老桤树之间，在十二月的月亮的注视下，你可以看到事物的真实面目。桤树像是一只巨大的黑手，从地上伸出来，抓着空气。

脚下树枝折断的声音听着那么响，把鸽子吓得飞出橡树。

林子深处，山毛榉富有光泽的树干后面的地面很干。在树林中穿行，从阴翳走向月光下。黑与白。前方，一只奔跑的兔子摇摆闪动。

羊站着，很警觉，像是石化的装饰品。我呼喊它们："羊！"它们听出我的声音，活动起来，向前挪动，还算是

第六章 土地的转向
The Turn of the Earth

听话。几只母羊正在发情期,公羊张开嘴巴,露出闪闪发光的牙齿。对你我来说,这看起来像在做鬼脸。但对一只母羊来说,则是乔治·克鲁尼躺在床上微笑。

我这个牧羊人,此刻正靠着樱桃树,在夜晚来临前清点自己的羊群。樱桃树皮上有一圈圈粗糙的细环。每点一只羊,我便用指甲掐一个环,这棵树是我的算盘。

在羊群边观察大自然总是明智之举,绵羊的气味掩盖了人味。所以,在这个神奇的夜晚,看到一只獾拖着脚走向我,我并不感到惊异。

和鼩鼱一样,獾也不冬眠。

他走近了,抽抽鼻子,蹲下,发出味道。这一切都带有明显的私人色彩,很像英国的老地主。獾也给这里带来了威胁,他头上那坏男孩般的黑条纹,用行话来说,是"警戒色"。

现在,这只獾已经近在我的触摸距离之内,但他没有看见我,只拖着步子经过,鼻子贴地,消失在黑与白的夜晚。

穿过弗林德斯往回走,月光照出三只动物的影子,长长的耳朵,腿比耳朵还长。

星星出来了。

我凭着月光看到了野兔,似乎看到了天堂的景象。

我感受到了土地真正的平静。

12月18日　弗林德斯。一夜之间，暴雪覆盖耕地，抹去每一寸泥土。

两只小兔在田地间赛跑，雪在身后飞起。跑过我时那么近，我都能听到脚掌拍在雪地上的扑扑声。

从雪上的足迹来看，野兔已经开拓了上面那块围场，所以，他们现在统治着三块地。

节礼日[1]之夜，烧木头的火炉边有一种伤感的情绪。我在看那本1970年出版的《英国鸟类文摘》中的图片。手指以一种渴望的姿态，滑动在整页的插图上，这就是我能做的一切了。这本书中一半的鸟，我再也无法在野外看到。欧斑鸠？鹌鹑？黄道眉鹀？黍鹀？我不记得最后一次看到它们是什么时候了。

但接着我想到，一块地，我只用一块地，就带来了改变。

如果我们有一千块呢……

1　每年的12月26日，是在英联邦部分地区庆祝的节日，出现于中世纪。当时，圣诞节前教堂门口会放置捐款箱，节后工作人员打开箱子，将募得款项捐给穷人。

尾声：恋情的结局
Epilogue: The End of the Affair

这不是弗林德斯的结束。弗林德斯还远未结束。

根据租约条款，我在第二年三月把这块地休耕轮作，让它长草。令人惊奇的是，鸟儿们到现在还在田地四周种野花的地方，在"杂草"中寻找种子，这意味着这片地已经与鸟儿一起度过了整个冬天。

轮作长草，加上没有翻土，有效地在一季内消灭了耕地里所有野花，除了门口那块地方——因为行人和车辆仍然在翻动土地——罂粟、田春黄菊、琉璃繁缕和婆婆纳仍然长势茂盛。

但我一直看着那幢当初一起租下来的废弃农舍花园。这座花园只有一种植物——地毯上长出来的黑莓。很久以前有人将地毯铺在那里，以遏制野草的生长，结果织物和土地黏在了一起。

黑莓在隔壁林子里有很多。我算了一下，如果我把半英亩的花园当作一块小麦田，一个微型的弗林德斯，自然生态圈会受益。

此外，我想知道一块地小到什么程度，仍能在耕地保护野生动植物这个问题上产生实质性的差异，从而造福自然。

在一月的漫长日子里，我用撬棍和铲子把地毯撬开来，用割灌木机把黑莓清理干净。下面闪亮的土壤营养丰富，又黑又肥，蚯蚓和蜈蚣爬行着。此后六个星期里，我用栅栏把羊关在这片地上，地上铺麦秸。

十个星期后，等到地面足够干燥，我用旋耕机在花园里犁地，因为花园太小，没法用拖拉机。羊让土地更肥沃，同时也把地给踩实了。站在卡门2000旋耕机后面，布迪卡刀片一口口咬土，我感觉自己像在震动的船甲板上按住一匹震动的机械小马。

精神错乱（Delirium）这个词起源于希腊语，意为犁不出直沟而精神错乱。尤利西斯拿着犁去海滩耕地，他"精神错乱"了。

我患了"旋转精神错乱症"，在半英亩的地里旋耕，大脑振荡混乱。

名叫柳树的绵羊和我一起耙土三次。一次是翻耕，两次

尾声：恋情的结局
Epilogue: The End of the Affair

是去除不需要的野生植物，尤其是辣根和酸模，它们的根在地毯下延伸了数英里。

一半地种小米，掩护鸟类，为其提供食物。另一半种小麦，这次的垄很直，可以用锄头。我在整块地上撒了些罂粟、田春黄菊、矢车菊和金盏花种子，不过大多数种子还是撒在了田地周围一米宽的野花边界，还有那条把地一分为二的两米宽分界。

我种了一种特别的小麦，名叫"四月胡子"，是一种传统的春小麦，从伦敦的布罗克韦尔贝克慈善机构搞来的，他们鼓励人们把草坪变成麦田。

成熟时，"四月胡子"高达120厘米，有中空管状麦茎。从前小孩喝牛奶用天然的"麦管"，就是"四月胡子"之类的小麦秆做的。

和第一年在弗林德斯的耕作，以及之后的轮作相比，耕作村舍花园更为费事。在某种意义上，它是最初的试验的一张平面视图，是最初的试验的一次回顾。

我再次竖起一张鸟桌，虽然许多鸟已经习惯前往弗林德斯地区了。

"鸟以类聚"，更准确地说，是"鸟像磁铁一样吸引鸟"。头顶上飞过的鸟会飞下来看别的鸟在吃什么。从花园里，我可以看到鸟从一英里外的地方飞过来。

虽然弗林德斯开始长草了，但我仍然没用化学品。鼹鼠搬到地里，和我在花园里一同旋耕。我们都在三月干这活儿。

一只雄雉鸡很快对这座花园提出领土要求，他是一位可敬的战士。没有鸟比雉鸡行头更多了，这位穿着锃亮青铜盔甲的是阿基里斯。

四月，一对红腿鹧鸪在新出现的麦田里筑巢。有扇门通往围场，一直通向弗林德斯，门的底部是网格，我把门倒置，这样一来，兔子可以从水平的栅栏中间爬进来，而羊通不过。

到了六月，小麦和小米有一英尺高了，野花盛开。红腿鹧鸪生了七只小鸟。灰斑鸠、鹩鹩、蓝山雀、乌鸫都在此筑巢了。

晚上，野生动物偷偷进来，为了安全和食物。四只野兔吃着刚长出来的小麦，鸟儿们享受着小米上的绿椿象，对它们来说，这是一个好日子。茶隼也把花园加进了它们的捕食区域内。

我在9月19日割麦子，这比通常时间要晚一点，此时，空气里弥漫着恋情即将结束时的平静。这是最后一只燕子离开的日子。（麻雀总是用一大群、乱哄哄的嘈杂声音宣布它们的离去。而我从未见过燕子离开，它们只是在你转身时悄然离去。）秋日阳光的火焰舔舐着梨树。

尾声：恋情的结局
Epilogue: The End of the Affair

我曾用镰刀割过干草。冒昧地说，现代人不用镰刀收割小麦的话，是无法理解机器时代来临前乡下人的艰辛的。

徒手收割最兴盛的维多利亚时代，理查德·杰弗里斯曾亲眼目睹：

> 除非一个人出生在一间乡下房子里并在那里长大，而且在童年光着头度过七月的酷暑和一月的大雪，否则他一定受不了收割庄稼这种农活。我总是喜欢待在野外，然而我常常会想，这些男男女女是如何忍受野外的。夏天的白天很长，他们在我起床前几个小时就到地里了。镰刀的刀刃必须像剑一样用力割过粗壮的茎秆，一次又一次，一分不停，连干好多个小时。弯腰弓背，太阳把炽热的光线投射到头和脖子上。一些人常把双层手帕放在帽子里当垫子，就像在东方，人们将长头巾卷绕在头上。如果他们采用南方的风俗，将长巾绕在身体中部，也许效果会更好些，因为他们很容易被来自内心的抱怨击倒。他们的脖子晒黑了，像老房子间种的黑橡树。他们的胸脯总是裸露着，扁平而僵硬，从不像希腊运动雕

像那般胸肌鼓起。

　　胸骨被灼成黑色，胳膊像包裹着皮革的白蜡树干一般坚韧。他们在收割地里消瘦、萎缩，所有脂肪都消失了，只剩下筋和肌肉。从没有工作这般艰苦。

麦秸中的二氧化硅让镰刀刀片变钝。循环往复。
收割后用手打捆是一种艺术，正如杰弗里斯所言：

　　打捆人有本事把收起来的麦秆捆在一起，大量的麦秆紧紧捆成一个小圆盘。打的捆看起来像女孩头发编扎出来的结。这是麦田里世代相传的传统，除非有人教你，你绝不可能做到，就像水手们系的绳结，是一种手艺。麦秆的一端较粗，也使得那一端更重、更结实，所以无论用什么方式固定或堆放，麦捆都呈保龄球那般的形状：中间粗，上、下逐渐变细。

　　和许多农活一样，外人看到的印象都是骗人的。手割的麦秸往往长度不一，散落一地，毫无美感，得费很大力气才能整理成形。捆松了会散开，太紧则不会干。麦秸会擦伤手，荨麻刺和蓟刺也会扎到手。用手打捆是那些复杂得超乎想象

尾声：恋情的结局
Epilogue: The End of the Affair

的农活中的一种，需要戴手套，但手套又会让这份农活需要的巧手大打折扣。

我打了二十来个捆，一点也谈不上美观，除了那些夹在里面的野花。四分之一英亩的麦茬和小米，让一大家子红腿鹧鸪留了下来，有一些是从一个冬季牧场里过来的。

红腿鹧鸪不同于灰山鹑，它们在地上栖息。十二月的一天，我去查看这座村舍花园时，看到了每一个观鸟者和乡下人的梦想：梨树上的鹈鸟。

最近开车经过弗林德斯时，我都会望一望那里。天黑下来，我打开路虎车的前灯。

野兔还在那里，奔跑，跳舞。

犁地书单

A Ploughland Reading List

Eve Balfour, *The Living Soil*, 1943

B.B. (Denys Watkins-Pitchford), *Letters from Compton Deverell*, 1950

Adrian Bell, *Corduroy*, 1930

John Clare, *The Shepherd's Calendar : With Village Stories and Other Poems*, 1827

William Cobbett, *Cottage Economy*, 1821; *Rural Rides*, 1830

John Steward Collis, *The Worm Forgives the Plough*, 1973

William Cowper, *Letters*, 1836; *Selected Poems*, 1984

Roger Deakin, *Notes From Walnut Tree Farm*, 2008

Department for Environment, Food and Rural Affairs, *Wild Bird Populations in the UK, 1970 to 2014*, 2015

Henry ELLacombe, *Plan-Lore & Garden-Craft of Shakespeare*, 1884

George Ewart Evans, *The Horse in the Furrow*, 1960; *The Leaping Hare*, 1972

'Romany' (George Bramwell Evens) , *A Romany in the Fields*, 1929

Stella Gibbons, *Cold Comfort Farm*, 1932

Nick Groom, *The Seasons*, 2013

H. Rider Haggard, *A Farmer's Year*, 1899

Otto Herman and J. A. Owen, *Bird Useful and Harmful*, 1909

W.P. Hodgkinson, *The Eloquent Silence*, 1947

W.G. Hoskins, *The Making of the English Landscape,* 1955

Richard Jefferies, *The Life of the Fields, 1884; Field and Hedgerow*, 1889, Wild Life in a Southern Country, 1879; The Story of My Hearts, 1883

William Langland, *Piers the Ploughman*, 1959

Robert Macfarlane, *Landmarks*, 2015

John McNeillie, *Wigtown Ploughman*, 1939

Peter Marren, *Rainbow Dust*, 2015

犁地书单
A Ploughland Reading List

E. M. Nicholson, *Birds and Man*, 1990

Oliver Rackham, *The History of the Countryside*, 2000

Henry Stephens, *The Book of the Farm*, 1844

A. G. Street, *Farmer's Glory*, 1932

Edward Thomas, *The Last Sheaf*, 1928; *The South Country*, 1909; *Collected Poems*, 1953

Thomas Tusser, *Five Hundred Points of Good Husbandry*, 1573

Brian Vesey-Fitzgerald, *British Game*, 1953

Henry Willamson, *The Story of Norfolk Farm*, 1941

P. J. Wilson and M. King, *Arable Plants : A Field Guide*, 2003

Esther Woolfson, *Corvus*, 2009

犁地乐单

A Ploughland Music List

Blue Oyster Cult, '（Don't Fear）The Reaper', 1976

George Butter Worth（words by A. E. Houseman）, 'Is My Team Ploughing?', 1911

Incredible String Band, 'Douglas Traherne Harding', 1968

Small Faces, 'Song of A Baker', 1968

The Wurzels, '*The Combine Harvester*', 1976

Jane Montgomery Campbell, "We Plough the Field and Scatter', 1861; original German by Matthias Claudius, 1782; music by A. P. Schulz

Ivor Gurney（words by Seosamh Mac Cathmhaoil）, 'I Will Go With My Father A-Ploughing', 1921

Jethro Tull, 'Heavy Horses', 1978

Henry Purcell, 'When I am Laid in Earth'（Dido's

Lament), 1689

Traditional, 'The Ox Plough Song'; 'The Painful Plough'; 'Speed The Plough'; 'We Are Jolly Good Fellows That Follow The Plough'

Traffic, '*John Barleycorn Must Die*', 1970

Robert Wyatt, 'Pigs…(In There)', 1999

The Ploughboy Peter Pears, 'The Ploughboy'(Traditional)

Ralph Vaughan Williams, *The Lark Ascending*, 1920

Edward Elgar, 'Caractacus', 1898; Cello Concerto, 1919

致　谢

Acknowledgements

一如既往地感谢：苏珊娜·沃德森、朱利安·亚历山大、索菲·克里斯托弗、本·克拉克、莉兹·古米特、凯特·萨马诺、菲尔·洛德、杰拉尔丁·埃里森、帕西·欧文、潘妮·刘易斯·斯坦普尔、伊迪丝·斯旺奈克，还有黛博拉·亚当斯、乔希·本恩、鲍勃·普赖尔、菲尔·米勒、玛格丽特·亚诺德、凯瑟琳和尼古拉斯·福克斯、苏·弗朗西斯与里奇·弗朗西斯、菲利克斯·琼斯与理查德·琼斯。

感谢我的父母和祖父母——感谢他们给予我（关于乡村的）回忆。

书中出现的一些"过失"之人，我更改了名字。

图书在版编目（CIP）数据

拖拉机，麦仙翁，奔跑的野兔 /（英）约翰·刘易斯－斯坦普尔著；杜森译 . -- 北京：北京联合出版公司，2021.5
ISBN 978-7-5596-3865-6

Ⅰ . ①拖… Ⅱ . ①约… ②杜… Ⅲ . ①散文集—英国—现代 Ⅳ . ① I561.65

中国版本图书馆CIP数据核字（2019）第294959号
北京市版权局著作权合同登记 图字：01-2020-5546

The Running Hare: The Secret Life of Farmland
Copyright © John Lewis-Stempel 2016
Illustrations by Micaela Alcaino
Published in agreement with Lucas Alexander Whitley Ltd acting in conjunction with Intercontinental Literary Agency Ltd, through The Grayhawk Agency.

Simplified Chinese edition copyright © 2021 by Beijing United Publishing Co., Ltd.
All rights reserved.
本作品中文简体字版权由北京联合出版有限责任公司所有

拖拉机，麦仙翁，奔跑的野兔

作　　者：[英] 约翰·刘易斯－斯坦普尔（John Lewis-Stempel）
译　　者：杜　森
出 品 人：赵红仕
出版监制：刘　凯　马春华
选题策划：联合低音
特约编辑：唐乃馨
责任编辑：周　杨
封面设计：周伟伟
内文排版：刘永坤

关注联合低音

北京联合出版公司出版
（北京市西城区德外大街83号楼9层　100088）
北京联合天畅文化传播公司发行
北京华联印刷有限公司印刷　新华书店经销
字数166千字　880毫米×1230毫米　1/32　10.5印张
2021年5月第1版　2021年5月第1次印刷
ISBN 978-7-5596-3865-6
定价：56.00元

版权所有，侵权必究
未经许可，不得以任何方式复制或抄袭本书部分或全部内容
本书若有质量问题，请与本公司图书销售中心联系调换。电话：（010）64258472-800